Rosie Rushton

Fughe e follie, patemi e bugie

4 amiche alla resa dei conti

traduzione di Maurizio Bartocci

MONDADORI

Illustrazione di copertina di Giulia Orecchia

ragazzi.mondadori.com

Pubblicato per accordo con Puffin Books
Prima edizione agosto 2002
Stampato presso Mondadori Printing S.p.A.
Stabilimento N.S.M., Cles (TN)
Printed in Italy
ISBN 88-04-50885-X

Voglia di cambiare

LUNEDÍ

Ore 7.00. 53 Lime Avenue, Oak Hill, Dunchester. La triste realtà

Jade Williams si girò nel letto e aprí un occhio. Per un istante pensò di essere di nuovo in camera sua, nella mansarda di Brighton, e che gli ultimi sei mesi non fossero stati altro che un interminabile incubo. Per un attimo immaginò di sentire la voce allegra ma stonata di suo padre, che cantava mentre si infilava nel bagno battendola sul tempo, e si aspettò quasi che la porta si aprisse e sua madre entrasse con una tazza di tè, prendendola in giro perché era l'adolescente piú dormigliona della città.

Ma poi il suo sguardo si posò sulla sagoma che dormiva bocconi nel letto accanto al suo e si ricordò che in quel periodo le toccava dividere la stanza di Allegra, la sua terribile cugina.

Prese la cornice d'argento sul comodino e la guardò.

— Oh, perché siete morti? — disse a voce

alta rivolgendosi alle immagini sorridenti dei suoi genitori. — Perché ve ne siete andati lasciandomi sola?

Quelli le rivolgevano un sorriso silenzioso.

— Oh, per favore! Già è macabro tenere in camera le foto dei morti; tu poi ti ci metti pure a chiacchierare!

Jade si voltò. Allegra si era sollevata su un gomito e fissava Jade con lo sguardo che normalmente riservava alle forme inferiori di rettili.

— Oh, chiudi il becco! — le rispose bruscamente Jade, trattenendo le lacrime e vergognandosi come una ladra. — A te che importa, i tuoi genitori sono ancora vivi. I miei sono...

— Morti. Lo so. Non fai che ripetermelo — disse Allegra sbadigliando e passandosi la mano fra i capelli color mogano. — Non sarebbe ora che la smettessi di piangerti addosso e che ricominciassi a vivere?

Quindi si tappò la bocca con una mano, fingendosi mortificata.

— Oh, mi dispiace, Jade. Me n'ero dimenticata. Tu una vita non ce l'hai, dico bene? — chiese sghignazzando e facendo oscillare le lunghe gambe abbronzate fuori dal letto. — Te ne stai sempre con quell'espressione patetica che ci manda tutti al manicomio. Secondo mia madre, è ora che la pianti.

— Ah, davvero? — gridò Jade afferrando l'accappatoio e andando verso la porta. — Be', può dire quello che vuole. Non sono affari suoi. Non è mica mia madre.

— Cosa di cui — sbraitò Allegra — immagino sia sinceramente felice. I miei genitori non erano mica obbligati a prenderti qui in casa, sai? L'hanno fatto perché non c'era nessuno che ti volesse. Ho sentito che lo dicevano.

Jade rimase senza fiato. Sapeva di essere di peso a tutti. Joshua, che aveva sedici anni ed era un secchione barboso, l'aveva ignorata fin dal primo istante; ma del resto faceva cosí con tutti, tranne con quelli che subivano il fascino della sua collezione di insetti, ragni e altre ributtanti creature che conservava in teche di vetro nella sua stanza. Nell, sette anni, piccola, grassoccia e con mille paure, era stata felicissima di avere una cugina che le leggesse *Il GGG*[1] a ripetizione. Ma da qualche tempo si rifiutava di parlarle e la respingeva ogni volta che Jade provava ad abbracciarla. David, il marito di Paula, la guardava con un sorriso vago, come se avesse dimenticato chi fosse. E persino Paula, che all'inizio era stata carina e gentile, ultimamente era cambiata. Prima le cucinava tutti i suoi piatti preferiti e faceva in modo che nessuno guardasse il TG regionale, per evitare le notizie di incidenti stradali che l'avrebbero fatta piangere, ma ultimamente era stata brusca e impaziente ogni volta che Jade parlava dei suoi genitori o del passato. Jade era quasi certa che la famiglia di sua zia non la volesse piú.

[1] *Il GGG* (Il grande gigante gentile) è un noto romanzo per bambini dello scrittore inglese di origine norvegese Roald Dahl (1916-1991).

— Non vedo l'ora che arrivi il prossimo fine settimana! — disse Allegra, come pensando ad alta voce. — Sarà fantastico non averti sempre tra i piedi.

Jade, la mano sulla maniglia, si voltò di scatto a guardarla.

— Per me sarà doppiamente bello! — gridò. — Magari questa gita durasse un mese, anziché tre giorni! Fosse per me, non tornerei piú dal Dorset!

— È reciproco — ribatté Allegra. — E adesso, se non ti dispiace, vorrei farmi una doccia.

Spintonò Jade e aprí la porta.

— Oggi tocca prima a me — gridò Jade.

— Che ci vuoi fare! — replicò sua cugina.

Jade le lanciò un'occhiata di fuoco.

— Non è giusto — gridò. — Perché devi sempre averla vinta tu?

Allegra si voltò e le rispose in tono insolente, con un ghigno di sufficienza.

— Perché questa, casomai l'avessi dimenticato, è casa mia.

Detto ciò, scomparve nel bagno sbattendo la porta.

Jade sprofondò nel letto e riprese a guardare con aria afflitta le fotografie. Sua madre e suo padre erano fermi nel tempo e le sorridevano raggianti da dietro il vetro, come se non avessero alcuna preoccupazione. Suo padre non avrebbe piú cantato sotto la doccia e sua madre non l'avrebbe piú tormentata perché si sbrigasse la mattina. Erano morti, uccisi da un automobilista pirata, un adolescente a bordo di un'automobile rubata. Per questo adesso Jade viveva a duecento chilometri da sua nonna e dai suoi amici, con la sensazione che in nessun posto si sarebbe mai piú sentita come a casa sua.

Sapeva che avrebbe dovuto provare un impeto d'affetto, o un'acuta fitta di tristezza, ma invece era sopraffatta da una rabbia violenta che le faceva torcere le budella. Rabbia contro di loro perché erano morti, perché l'avevano abbandonata di colpo in questa famiglia i cui membri erano già stufi di fare i gentili e che cominciavano a farle capire senza mezzi termini che avrebbero preferito levarsela di torno. E in questo nessuno uguagliava Allegra. Allegra la odiava.

— Ma no che non ti odia, tesoro! — le aveva detto sua zia Paula il sabato prima, quando Jade si era lamentata perché, nonostante tutti i suoi sforzi, sua cugina era determinata a renderle la vita un inferno. — È felicissima di averti qui, proprio come noi altri. Anche se…

— Anche se cosa? — aveva ribattuto Jade. — Anche se vorreste che mamma e papà non vi avessero nominato miei tutori nel loro testamento? Anche se preferireste sbolognarmi a qualcun altro?

— JADE! Santo cielo! — era esplosa Paula sbattendo il coltello del pane sul piano di lavoro della cucina e stringendo i pugni.

Aveva chiuso gli occhi e fatto un respiro profondo, quindi si era voltata verso sua nipote.

— Mi dispiace, tesoro — le aveva detto tornando a un tono di voce normale e abbracciandola. — Volevo solo dire... be', che non dovresti rimuginare troppo su quanto è successo. Ormai sono passati sei mesi e dovresti cominciare a guardare avanti. Altrimenti renderai le cose difficili per Allegra e per tutti noi...

— Troppo difficili per voi? — aveva ribattuto Jade sottraendosi all'abbraccio e trattenendo le lacrime. — Oh, quindi pensate che per me sia stata una bazzecola, vero? Dovrei semplicemente dimenticare i miei genitori, proprio come voi. Be', forse a voi non ve ne importa niente che mamma e papà siano morti, ma a me sí!

Il volto di sua zia si era rabbuiato, e Jade era rimasta in attesa che Paula dicesse che non era vero, che sua sorella e suo cognato le mancavano proprio come mancavano a lei. Ma non l'aveva detto. Si era limitata a fare un respiro profondo e aveva continuato a sminuzzare la verdura.

— Rimuginarci sopra, Jade, non ti fa per niente bene — le aveva detto. — Non ci si guadagna niente a pensare al passato.

Ma Jade non poteva farne a meno. Il brutto era che già adesso c'erano volte in cui chiudeva gli occhi e non riusciva a ricordare il viso di sua madre, o a sentire il suono della sua voce. La possibilità che un giorno potesse dimenticare tutto, come sembrava fosse capitato a sua zia, la spaventava a morte.

Jade si ricordava che sua madre le diceva sempre che da piccole lei e Paula erano state molto legate, perciò le sembrava strano che sua zia non volesse piú pensarci. Avrebbe potuto parlare con sua nonna, ma dopo la morte di suo padre era andata a trovare la sorella in America, e nonostante le avesse spedito qualche cartolina, Jade non aveva la piú pallida idea di quando sarebbe tornata.

Una lacrima le rigò il viso.

— Oh, per favooore, non ti rimetterai mica a fare la piagnucolona adesso? — Allegra, con un asciugamano a mo' di turbante intorno alla testa, aveva di nuovo fatto irruzione nella stanza. — A proposito, non c'è piú acqua calda.

— Cosa? — esclamò Jade con voce strozzata. — Devo lavarmi i capelli prima di andare a scuola: sono indecenti.

Allegra fece una risata sarcastica.

— Sai che novità! — le disse in tono beffardo. — Porti quel taglio – anzi, no, scusa, non si può neanche definire taglio – da quando hai otto anni. Neppure Nell andrebbe in giro con quei tuoi riccioli da bebè. Ci vuole piú di un semplice shampoo per renderli un minimo presentabili.

— Ti odio — le disse sprezzante Jade.

— Sentimento totalmente ricambiato — replicò Allegra.

Ore 7.30. La porta chiusa

Dopo una battaglia di dieci minuti con i suoi capelli, finita con il risultato di 5 a 0 a favore dei capelli, Jade scese a fare colazione. Mangiare in fretta e via a scuola! Molte delle sue amiche odiavano i lunedí mattina, ma Jade non vedeva l'ora di uscire di casa. Quando era in compagnia di Holly, Tansy e Cleo, riusciva a lasciarsi i problemi alle spalle e a trascorrere persino una giornata intera senza pensare ai suoi genitori. Ma la cosa piú importante era che avrebbe visto Scott. Non aveva mai avuto un ragazzo vero prima di allora, e solo a pensarci le venivano i brividi lungo la schiena. Questo fine settimana era stato peggiore del solito, perché Scott era andato al matrimonio di certi parenti a Londra e non lo vedeva da sessantun ore e trenta minuti. Ma il prossimo, pensò abbozzando un sorriso, l'avrebbe avuto tutto per sé per ben tre giorni. La gita delle prime liceo al Centro Ricreativo di Hoppinghill, nel Dorset, era l'evento piú importante del trimestre. E sebbene il signor Boardman, il preside, avesse detto che la gita aveva lo scopo di formare il carattere e di migliorare le loro facoltà comunicative, tutti (soprattutto Holly) la vedevano come una straordinaria opportunità di farsi due chiacchiere in pace dietro le rocce che teoricamente avrebbero dovuto scalare.

Pensare alla sua passione per Scott la tirò parecchio su di morale, cosí fece il corridoio di corsa, ansiosa di arrivare in cucina, buttarsi sulla sua ciotola di latte e cereali e uscire abbastanza presto per stare un po' con lui prima che suonasse la campanella. Inoltre, avrebbe chiesto a Paula qualche soldo per andarsi a tagliare i capelli. Avendoci già provato una volta, sapeva però che sua zia le avrebbe risposto picche.

— Tesoro, i tuoi capelli sono bellissimi cosí come sono — aveva protestato sua zia la prima volta che Jade gliene aveva parlato. — Ti rendono dolcissima.

— Ma io non voglio sembrare dolce! — aveva gridato Jade. — Voglio sembrare grande. Cosa che, se dipendesse da te, non succederebbe mai!

— Ne riparleremo poi — aveva tagliato corto Paula. Di solito quel poi non arrivava mai, ma oggi Jade ce l'avrebbe messa tutta per tornare sull'argomento.

Passando davanti allo studio dello zio, sentí delle voci.

— Non la sopporto — si lamentava sua zia. — A te che importa... Mica te li devi sciroppare tu i suoi piagnistei tutto il santo giorno.

Jade rimase paralizzata.

— Oh, prima o poi le passerà — sentí David rispondere con voce calma. — Anche se devo ammettere che è molto infantile. Forse siamo stati troppo morbidi con lei.

Jade sentí sua zia sospirare.

— È cosí diversa da Allegra — disse. — Se avessi saputo quanto sarebbe stata dura, sinceramente non l'avrei voluta.

Jade si tappò la bocca con una mano per frenare un urlo. Dunque era vero che non la volevano! La consideravano una bambina solo perché qualche volta si metteva a piangere e desideravano che fosse come Allegra.

A quel punto la tristezza lasciò il posto alla rabbia. Non era mica colpa sua se era là. Non l'aveva voluta lei la morte dei suoi genitori. Afferrò la giacca dall'appendiabiti nell'ingresso. Se non la volevano piú tra i piedi, li avrebbe accontentati.

Agguantò lo zaino e aprí la porta. Gliel'avrebbe fatta vedere lei. Poteva benissimo fare a meno di tutti loro. Non vedeva l'ora che arrivasse venerdí.

Ore 8.00. 6 Kestrel Close, West Green, Dunchester. Preoccupazioni

Mentre Jade usciva di casa come una furia, Cleo Greenway spostava sconsolata un pezzo di toast da una parte all'altra del piatto, sperando in un miracolo prima di venerdí. "Forse" pensò "mi coprirò di brufoli, o mi romperò una caviglia, o comincerò a vomitare dappertutto. Potrebbe addirittura valere la pena di mangiare dei gamberi rancidi, se questo bastasse a salvarmi dalla gita nel Dorset."

Al pensiero di trascorrere tre giorni ad arrampicarsi sulle rocce e ad andare in canoa, le sue amiche andavano in visibilio. Cleo invece avrebbe preferito trascorrere il fine settimana sulla poltrona del dentista, piuttosto che fare la figura dell'imbranata davanti a tutti gli studenti di prima liceo.

— Non capisco di cosa ti preoccupi — le aveva detto sua sorella Portia la sera prima, quando Cleo le aveva chiesto di alitarle in faccia per attaccarle il suo mal di gola. — Quando ci sono andata io, mi sono divertita da matti.

"È facile divertirsi da matti" pensò Cleo "quando si è alte un metro e ottanta, magre come un grissino e convinte che lanciarsi da un viadotto con una fune legata alla caviglia sia un modo magnifico di passare il sabato. Non è cosí facile, però, se si è alte un metro e sessanta, grasse e del tutto scoordinate."

— Tu non sei grassa — protestava Holly tutte le volte che Cleo si lagnava delle sue cosce flaccide. — Sei semplicemente robusta.

Cleo non voleva affatto essere robusta. Voleva essere snella e slanciata, con le gambe che le partivano da sotto le ascelle e in grado di fare i cento metri a ostacoli senza bisogno di farsi rianimare al traguardo. Era sicura che se avesse partecipato a quel maledetto weekend di attività sportive, sarebbe stata l'unica a far capovolgere la canoa o a rimanere bloccata su una parete rocciosa.

Ma ancora piú preoccupante di quanto poteva capitarle di giorno era quanto poteva succederle di notte. E se avesse avuto uno dei suoi soliti incubi? E se si fosse messa a gridare? L'avrebbero sentita tutti. A quella gita non poteva partecipare. Doveva assolutamente escogitare un sistema. Forse poteva mettersi subito a pregare.

— Tesoro, eccoti qua! — Diana, sua madre, fece irruzione in cucina con indosso un caffettano e un paio di cinesine ricamate, sventolandole una lettera sopra la testa. — Amore, notizie divine! Non indovinerai mai!

Cleo sorrise controvoglia. Sua madre era un'attrice e quando non lavorava, praticamente sempre, riusciva a trasformare l'evento piú banale in qualcosa di drammatico quanto il primo allunaggio.

— Tesoro, è veramente eccitante! — disse entusiasta Diana. — Ho un provino!

Cleo sgranò gli occhi. Quella sí che *era* una notizia! Da giovane, sua madre aveva lavorato per due stagioni nella Royal Shakespeare Company, ma l'arrivo di tre figlie in rapida successione aveva messo fine alla sua carriera. Poi i suoi genitori si erano separati e sua madre si era risposata con Roy, e quando aveva deciso di tornare a recitare, sembrava che tutti l'avessero dimenticata. Cosí le avevano affidato solo alcuni ruoli secondari. Quando qualche mese prima Diana era apparsa nella famosa soap opera *Coronation Street* mentre sorseggiava un succo di pomodoro, le amiche di Cleo si erano entusiasmate da morire; e poi era apparsa per ben tredici secondi in un film con Andie MacDowell, dove interpretava il ruolo di una "donna alla fermata dell'autobus". Ma ormai aveva perso la grande occasione e questo, Cleo lo sapeva bene, per sua madre era un cruccio enorme. Un provino, comunque sia, sembrava qualcosa di promettente.

— È una cosa fantastica, mamma! — esclamò infilandosi la giacca dell'uniforme scolastica e guardando l'orologio. — Per cos'è?

— Fittinix — le rispose la madre abbassando lo sguardo e bevendo un sorso di caffè.

— Come, scusa? — domandò Cleo.

— Ma sí, tesoro — disse sua madre — quella nuova marca di mutande; quelle che ti appiattiscono la pancia e ti fanno sparire il sedere. Cercano una donna matura per la campagna pubblicitaria in televisione.

Cleo spalancò la bocca e fissò sua madre.

— Non mi starai mica dicendo — chiese incredula — che intendi apparire in mutande in televisione?

Diana annuí entusiasta.

— È una cosa molto lusinghiera, non credi, essere scelte per il proprio sedere all'età di quarantaquattro anni? Sai, se la campagna decolla, potrei arrivare alle finali per il miglior "Deretano dell'anno". Che divertente!

Cleo si fece piccola piccola. L'idea che il sedere di sua madre venisse messo in mostra in televisione in prima serata era già pessima di per sé. Che poi venisse pubblicato sulle pagine di tutti i giornali e preso in giro da tutti i ragazzini della West Green Upper era qualcosa di troppo clamoroso per poterlo prendere in considerazione.

— Mamma, non puoi farlo! E Roy cosa dirà? Lo sa già? — Cleo non riusciva proprio a immaginarsi il suo patrigno misogino mandar giú l'idea di sua moglie che fa bella mostra di sé in pubblico.

— No, non ancora... è appena uscito per andare al lavoro — rispose bruscamente Diana. — Comunque sia, la sua opinione è del tutto irrilevante. Il corpo è mio e me lo gestisco io. Nessun uomo potrà mai dirmi come devo condurre la mia vita.

Cleo sospirò. Le stesse parole che aveva detto sua madre quando non faceva che litigare con suo padre prima che si separassero, tre anni prima. Sua madre e Roy litigavano spesso, e questo preoccupava molto Cleo, soprattutto da quando, ogni volta che litigavano, Lettie vomitava e Portia usciva di casa come un fulmine, sostenendo che la tensione nuoceva al suo karma. Mentre le sorelle facevano le bizze, alla madre veniva una delle sue emicranie e il suo patrigno si rinchiudeva nel capanno degli attrezzi bofonchiando: «Se l'avessi saputo, non me le sarei mai accollate», restava a Cleo il compito di calmare tutti quanti.

— Tu sí che hai la testa sulle spalle, tesoro! — le diceva subito dopo sua madre in tono suadente. Certe volte, Cleo avrebbe voluto essere Lettie, per lasciarsi tranquillizzare con dei cioccolatini. Lettie era viziata da tutti. "Eppure" pensò "se la mamma ricomincia a lavorare, a Roy farà sicuramente piacere e forse smetteranno di litigare. Vorrei solo che trovasse qualcosa che non la obbligasse a togliersi i vestiti."

— Il fatto è — continuò Diana, interrompendo i pensieri di Cleo — che il provino è sabato. Roy sarà a quel torneo di golf al Belfry, Portia andrà a Stratford con gli studenti del suo anno e tu sarai nel Dorset. Non so proprio come fare con Lettie, perché dovrò partire per Londra alle sei del mattino.

"Se mi offro di badare a Lettie, non dovrò andare nel Dorset" pensò Cleo tutta allegra. "E non dovrò preoccuparmi di incubi e sport pericolosi."

— Non andrò nel Dorset — disse con entusiasmo. — Tanto non mi va granché.

— E invece sí, tesoro! — esclamò sua madre.

— No, sul serio. Io…

— Tesoro, è davvero gentile da parte tua, ma non mi sognerei mai di impedirti di andare. Ci saranno tutte le tue amiche. E quel tuo nuovo ragazzo cosí simpatico… Trig, è cosí che si chiama, vero?

Cleo fece segno di sí con la testa. Proprio cosí. Tre giorni con Trig sarebbero stati bellissimi. Doveva ammettere di essere alquanto sorpresa che Trig non fosse altrettanto determinato a trovare una scappatoia. Dopotutto, lui odiava lo sport e si sentiva molto a disagio per quella sua enorme voglia di fragola che gli copriva metà del busto. Ma quando lei gli aveva proposto di trovare il sistema per non andarci, lui si era rifiutato.

— Mio padre è felicissimo che ci vada — aveva detto. — Sai quanto l'ho già deluso. E poi, ci sarà pure qualcosa che saprò fare.

Il signor Roscoe apparteneva a quella categoria di padri che pensano che i figli debbano passare tutto il tempo a tirare calci a un pallone e a fare la corsa a ostacoli. Trig ce la stava mettendo tutta per compiacerlo, ma continuava a fallire miseramente in tutto.

— Mi sono giusto ricordata, angelo mio — disse la madre di Cleo — che devo comprarti un sacco a pelo nuovo.

— Mamma, sul serio, non... — cominciò a dire Cleo, ma poi si interruppe. Un'immagine particolarmente dettagliata di sua madre in mutande attillatissime le svolazzò davanti. Se avesse dovuto scegliere tra rischiare la vita e rompersi la testa su un canotto o aiutare sua madre a coprirsi di ridicolo, avrebbe preferito annegare.

Ore 8.45. Crisi di fiducia

Arrivata davanti ai cancelli della scuola, Jade si era ormai convinta che Allegra avesse ragione. Sembrava proprio un'imbranata. Non era facile essere trendy con l'orrenda uniforme oro e marrone della West Green Upper, ma tutte le altre sembravano riuscirci benissimo. E non solo le ribelli come Ella Hankinson, con le scarpe con la zeppa e le gonne cortissime: Ursula Newley si era fatta i colpi di sole e adesso sembrava piú grande di tre anni, mentre Emily Wilkes si era tagliata i capelli alla maschietta e portava un paio di occhiali da sole verde limone anche quando pioveva.

"Io invece sembro sempre uguale" pensò Jade irritata. "Scialba, imbranata e noiosa. Bisogna rimediare. E alla svelta."

Sin da piccola, Jade aveva portato lunghi riccioli che adesso, però, odiava con tutta se stessa. Quanto avrebbe voluto tagliarseli in quel preciso momento!

— Ehi, Jade! Vieni qui! — Si voltò e vide Holly Vine che si sbracciava dall'altra parte del cortile. Holly era una delle sue migliori amiche, il che era piuttosto sorprendente, visto che aveva avuto una cotta per Scott Hamill e aveva addirittura dato una festa nella speranza che si innamorasse perdutamente di lei. Solo che poi Scott aveva baciato Jade e le aveva chiesto di mettersi insieme. Per fortuna, Holly era il genere di persona che si innamora facilmente, e una settimana prima aveva annunciato che Scott era stato solo una fantasia adolescenziale, mentre ora stava per imbarcarsi in una Vera Relazione con Paul Bennett, che andava alla Bishop Agnew College, la scuola privata molto snob di Oak Hill. Jade non era sicura che Paul fosse al corrente di questa storia d'amore che incombeva su di lui. Ma visto che era appena andato ad abitare dietro casa di Holly, non sarebbe riuscito a togliersela di torno tanto facilmente.

— Indovina un po'? — esordí Holly con grande entusiasmo non appena Jade le fu a portata d'orecchio. — Gli Shiny Vinyl si esibiscono al Danger Zone! Mercoledí! L'avresti mai detto?

Quindi le sventolò un volantino rosa shocking sotto il naso. Una fotografia sfocata di quattro facce urlanti la fissarono dalla pagina.

— Non li trovi semplicemente straordinari? — insistette Holly gettandosi i lisci capelli color noce moscata dietro le spalle. — La rivista "Heaven" dice che un giorno diventeranno molto famosi. Ucciderei pur di andarli a sentire in concerto.

"Io" pensò Jade "ucciderei per sapere chi diavolo sono. L'aria della secchiona non ce l'ho, ma non riesco neanche a dire cose che facciano colpo."

— Che roba è? — domandò Tansy Meadows avvicinandosi con il fiato corto e lo zaino che le ballonzolava sul fianco. Tansy era l'altra migliore amica di Jade, il genere di persona che non ama sentirsi esclusa.

Jade le porse il volantino con la speranza che neanche Tansy li conoscesse.

— Uao! — esclamò. — Superstrepitoso! Che ne dici, Jade?

— Grandiosi — disse lei con un sorriso luminoso, sperando di avere un tono convincente.

Fu salvata in extremis dalla campanella dell'entrata.

— Tu li hai capiti i compiti di francese? — domandò a Holly, cercando disperatamente di cambiare argomento prima di essere colta in fallo.

— No — le rispose l'amica con un sospiro. — Del resto, io e le lingue non siamo mai andate d'accordo. Darei qualsiasi cosa pur di andarci.

— In Francia? — le chiese Jade perplessa.

— No, stupida! A vedere gli Shiny Vinyl.

— Anch'io — disse Tansy.

— Allora perché non lo fate? — domandò Jade. Ormai erano vicine alla loro classe.

— Per questo motivo — rispose Holly, puntando il dito sulla scritta microscopica in fondo al volantino.

— I biglietti, in prevendita nei negozi di dischi Discdate, sono riservati a chi ha piú di sedici anni — lesse Tansy. — Tipico! Ma come fa una a divertirsi da queste parti, dico io?

— Be', se non altro c'è la prospettiva del fine settimana — disse Jade mollando lo zaino sul banco e tirando fuori i libri. — Sarà fantastico; la discoteca il sabato sera e tutto il resto. Non vedo l'ora, e tu?

Holly la fissò.

— Ma per favore! — disse. — Non vorrai mica mettere una gita scolastica con l'opportunità di vedere gli Shiny Vinyl? Fra le due cose, saprei bene cosa scegliere.

— Oh, anch'io — si affrettò a dire Jade. Adesso anche Holly la considerava un'imbranata.

— Immagino — disse Holly pensierosa, seduta sull'orlo del banco — che potremmo farci comprare i biglietti da qualcuno piú grande di noi e poi sperare di entrare senza dare troppo nell'occhio.

Tansy si ringalluzzí tutta.

— Questa sí che è una magnifica idea —

disse entusiasta. — Ma chi? Holly, che ne dici di tuo fratello?

— Neanche per idea — rispose quella, alzando gli occhi al cielo. — Da quando si è sposato e ha avuto un figlio, è diventato un moralista tutto d'un pezzo e continua a dire cose tipo «Ma tu non dovresti studiare, Holly?» e «Ma come ti sei vestita?» Non accetterebbe mai.

Quindi ammutolí per un istante.

— Ci sono! — esclamò trionfante. — Jade, potresti chiederlo ad Allegra. Cioè, lo so che non ha sedici anni, ma comunque li dimostra e ci sa fare.

— Altroché — bofonchiò Jade scocciata per il fatto che le venissero ricordate ancora una volta le qualità della cugina. — Comunque sia, a lei non chiedo favori; tanto poi andrebbe subito a spifferare tutto a Paula e io finirei nei guai.

Holly scosse la testa.

— E che ne sai? Magari vuole andarci anche lei, e terrebbe la bocca chiusa! Ma se sei cosí vigliacca da non provarci neppure, tanto vale lasciar stare!

Jade fece un respiro profondo e un gran sorriso.

— Non ce ne sarà bisogno — disse in tono freddo. — Vado io a prendere i biglietti.

— TU? — dissero all'unisono Tansy e Holly sorprese. — Non dire stupidaggini!

— Ragazze! — ruggí il signor Grubb sbattendo i libri sulla cattedra. — Potrebbe rientrare nel campo delle probabilità il fatto che riusciate a tenere buone le vostre lingue iperattive per piú di dieci secondi?

— Scusi, professore — dissero in coro.

— Non ci riuscirai mai! — bisbigliò Holly coprendosi la bocca con una mano.

— Aspetta e vedrai — disse Jade, notando con grande soddisfazione l'espressione di supremo stupore che si era dipinta sul volto delle sue due amiche.

Ore 10.15. Ora di geografia. Pentita come non mai

"Come ho fatto a essere tanto scema?" pensò Jade, mentre provava svogliatamente a tracciare il diagramma di una valle glaciale. "Hanno ragione loro; non darò a bere a nessuno che ho sedici anni. Non tornerò sull'argomento, e cosí se ne dimenticheranno. Perfetto."

Ore 11.00. Ricreazione. Un rapido ripensamento

— Ciao, Jade! Ma è vero? — Scott si sedette sulla panchina accanto a lei e sorrise. Le ginocchia di Jade si fecero di gelatina.

— Vero cosa? — gli domandò. "Che ti amo e ti adoro?" pensò. "Certo."

— Che riuscirai a procurarti i biglietti per gli Shiny Vinyl?

Jade fece un respiro profondo.

— Ah, be'... — cominciò a dire. — Non sono...

— Non avrei mai immaginato che avresti fatto una cosa del genere! Grande! Credi di poterne prendere uno anche per me? — le chiese Scott con un gran sorriso.

Lui la considerava una che ci sapeva fare. Non come le sue amiche, che avevano dubitato di lei. Lo amava davvero tanto.

Lo guardò di sottecchi, nella stessa maniera in cui aveva visto Allegra civettare con quello spocchioso del suo ragazzo, Hugo.

— Nessun problema — disse. — Consideralo già fatto.

Ore 12.30. A mensa, facendo piani

— Jade dice che non avrà problemi a procurarsi i biglietti per gli Shiny Vinyl — stava dicendo Holly a Cleo tutta elettrizzata, quando lei si avvicinò al loro tavolo con il vassoio del pranzo. — Non è vero, Jade?

Jade si morse il labbro e fece un mezzo cenno di consenso.

— Tu sei matta! — disse Cleo buttandosi sul suo piatto di tonno e verdura. — Non riuscirai a farla franca. Di anni non ne dimostri nemmeno quattordici, figuriamoci sedici!

— Oh, grazie tante — bofonchiò Jade. Non c'era nessun bisogno che Cleo le ricordasse la verità.

— Senza offesa, ma ha ragione lei — rincarò la dose Tansy, sbirciando con un certo disgusto il contenuto del suo panino alla cipolla. Sua madre era una patita dei cibi naturali, il che per Tansy significava trovare nel portapranzo misteriosi frammenti di vita vegetale. — Di tutte noi, sei quella con minori probabilità di riuscita.

"Adesso basta" pensò Jade, strappando la linguetta della sua lattina di Sprite. "Sono stufa di sembrare a tutti una ragazzina, sono stufa di sentirmi dire cosa posso e non posso fare. Mi procurerò quei biglietti, fosse l'ultima cosa che farò in vita mia."

— Posso dimostrare tutti gli anni che voglio, se mi ci metto — disse.

Cleo aggrottò la fronte e scosse la testa.

— Ammesso che Jade riesca a procurarsi i biglietti...

Jade la fulminò con lo sguardo.

— ... i buttafuori non ci lasceranno entrare. Non funzionerà.

— Forse sí — disse Tansy riflettendoci — se ci vestiamo da sballo e ci mettiamo un sacco di trucco.

— E se ci scoprono? — ribadí Cleo.

Jade scrollò le spalle.

— Tutto quello che possono farci è sbatterci fuori — disse. — Niente di grave.

Cleo la guardò in un silenzio pieno di stupore. Aveva sempre considerato Jade una persona molto preoccupata di fare sempre la cosa giusta e di evitare guai.

— Tanto vale provarci — disse Tansy, che cominciava ad appassionarsi all'idea. — Metticela tutta, Jade. Tu pensa a procurare i biglietti; a entrare ci pensiamo noi. Del resto, non abbiamo nulla da perdere.

— Rimane solo un piccolo problema — fece notare Holly, rovesciandosi il pacchetto di patatine sulla mano e spazzando via con la lingua le briciole rimaste. — I genitori.

— Accidenti! — esclamò Tansy. — Se mia madre scopre che il concerto è riservato a chi ha piú di sedici anni, non mi darà certo il permesso di andarci.

In gioventú, la madre di Tansy era stata una giramondo New Age e a Tansy pareva una grande ingiustizia che avesse deciso di cominciare a preoccuparsi di convenzioni e senso comune proprio quando lei era abbastanza grande da poter fare a meno di certe cose.

— Nemmeno la mia — disse Holly. — Perché i genitori pensano sempre che beviamo troppo e frequentiamo la compagnia sbagliata? Come se fossimo davvero stupide.

Tansy sorrise.

— Meglio non fargli alzare la pressione; diciamogli solo che andiamo al cinema insieme, d'accordo? In fin dei conti, il Danger Zone e il Multisala sono entrambi al Rainbow Centre. Se raccontiamo tutte la stessa storia, non avremo problemi. Okay, Cleo?

Cleo deglutí. Non aveva nessuna intenzione di andarci. I posti affollati non le piacevano e non le piacevano nemmeno tanto i gruppi musicali alternativi. Ma non c'era modo che Jade riuscisse a ottenere quei biglietti, perciò la serata sarebbe andata a monte.

— Bene — disse. — Molto bene.

Tansy si sbarazzò del suo panino alle cipolle e sbucciò un mandarino satsuma.

— Allora, dormiamo tutte nella stessa stanza questo fine settimana? — domandò, addentando il mandarino e schizzandosi la camicetta. — Scarafaggio dice che dobbiamo metterci in lista oggi.

A sua insaputa, il signor Grubb veniva chiamato Scarafaggio per via dei neri capelli lucenti.

— Immagino di sí — rispose Holly entusiasta. — Non che l'idea di stare via tre giorni mi faccia impazzire dalla gioia — aggiunse in tono tragico. — Dovrò stare senza Paul.

Jade aggrottò le sopracciglia.

— Paul? — chiese.

— Il tizio di cui Holly è cotta — disse Tansy con un sorrisetto. Jade si voltò verso Holly.

— Allora, vi siete messi insieme? — domandò.

— Be', non proprio — ammise Holly. — Ma sono sicura di piacergli. Questa mattina mi ha salutata con uno sguardo... Da un momento all'altro potrebbe rendersi conto dei suoi sentimenti per me, e se in quel momento non sarò a portata di mano...

La sua voce si affievolí, mentre la spaventosa gravità della situazione le balenava in mente.

— Puoi sempre invitarlo allo spettacolo degli Shiny Vinyl — suggerí Jade. — Prendo un biglietto in piú?

Il volto di Holly si illuminò.

— Lo faresti davvero? Posso invitarlo? Pensi che dirà di sí?

Jade sorrise.

— Ho i miei seri dubbi — disse ridendo.

— E perché? — chiese Holly con voce strozzata.

— Perché — rispose Jade — non riuscirà a spiccicare neppure una parola.

Ore 15.30. Negli spogliatoi con una fifa blu

— Tansy?

— Eh?

— Ci vieni con me a prendere quei biglietti? Tanto per tenermi compagnia. Parlerò io.

Jade incrociò le dita dietro la schiena e in silenzio recitò una preghiera.

Tansy le rispose di no con la testa.

— Scusa tanto. Ho recitazione. Devo proprio scappare.

Ore 15.35. Con una fifa sempre piú blu

— Ehi, Holly! Aspettami! — Jade corse per raggiungere l'amica.

— Ti andrebbe di venire in centro... a prendere i biglietti? — le domandò.

Holly affrettò il passo.
— Ho una fretta del diavolo. Voglio fare in modo di incontrare per caso Paul quando scenderà dal pulmino della Bishop Agnew. Devo scappare.

Ore 15.40. Con una fifa talmente blu da sembrare nera

— Ma, Cleo, davvero, ci metteremo solo mezz'ora. Ti prego, accompagnami.
Cleo afferrò uno spartito dal suo armadietto.
— Non posso; devo esercitarmi. Perché non lasci perdere? Tanto non funzionerà.
"Oh, grazie" pensò Jade. "Grazie tante."

Ore 16.05

Shiny Vinyl
al Danger Zone
mercoledí, ore 20.00

QUI I BIGLIETTI PER IL GRANDE SPETTACOLO!

Jade fece un profondo respiro e contemplò la propria immagine riflessa sulla vetrina del negozio di dischi. Si era fatta una coda di cavallo e si era messa un quintale di rossetto Lampone Shocking che aveva comprato nella profumeria accanto.

— Ricordati — si disse in tono severo aprendo la porta del negozio. — È il modo di fare che conta.

Si avvicinò con passo risoluto al bancone dove un ragazzetto dai capelli unti di gel e l'espressione vacua masticava una gomma e ballava di malavoglia un pezzo rock in sottofondo.

— Sei biglietti per gli Shiny Vinyl, per favore! — domandò Jade scuotendo la testa e sperando di avere un'aria fantastica.

— Spiacente, tesoro — disse il commesso senza smettere di masticare la gomma. — Dai sedici anni in su.

— Ma io ho sedici anni — disse Jade sollevandosi in tutta la sua altezza e lanciandogli quello che sperava fosse un sorriso seducente. — Quanto vengono?

— Dieci sterline l'uno. E se tu hai sedici anni, io sono il primo ministro d'Inghilterra — fece il ragazzetto con voce strascicata. — Ci hai provato!

Ore 16.15. Bollendo di rabbia

"Non devo mica raccontare alle altre che il commesso mi ha preso per una ragazzina imbranata" pensò Jade percorrendo a grandi passi Abbey Street, la principale area commerciale di Dunchester. "Dirò semplicemente che non mi sono bastati i soldi."

"A questo punto però" pensò guardando la vetrina di un negozio di biancheria intima e chiedendosi se una sottoveste di pizzo nero avrebbe fatto la differenza "mi daranno i soldi e si aspetteranno che ci torni domani. E domani non avrò di certo un aspetto diverso da quello di oggi. A meno che non vada dal parrucchiere a farmi un nuovo taglio di capelli."

Trovato! Ecco cosa doveva fare. In quel modo sarebbe riuscita a comprare i biglietti, e tutti avrebbero smesso di considerarla una bambina e avrebbero cominciato a trattarla con maggiore rispetto.

C'era solo il problema di quanto le sarebbe costato il taglio. Forse avrebbe potuto convincere Paula a darle la paghetta in anticipo, se si fosse presentata da lei strisciando. Non aveva alcuna voglia di fare la carina, ma se desiderava ottenere un nuovo look, doveva stringere i denti e buttarsi.

Ore 16.30

Holly era nella cabina telefonica con un'aria disgustata. C'era una puzza tremenda e si era stufata di leggere e rileggere le istruzioni per gli utenti. Avrebbe tanto voluto che il pulmino di Paul si sbrigasse ad arrivare. Aveva pianificato tutto. Vedendolo scendere dal bus, lei sarebbe uscita di corsa dalla cabina e sarebbe andata a sbattergli contro. E cosí lui le avrebbe parlato.

Sapeva di piacergli. O almeno credeva. Dalla domenica pomeriggio in cui Tansy aveva spifferato a Paul che le piaceva, lui l'aveva sempre guardata con interesse. Non che finora avessero parlato granché; ma del resto, come tutti sanno, quando un ragazzo ha una cotta per una ragazza, ha grosse difficoltà ad aprire bocca. Quindi, toccava a Holly facilitargli il compito.

Con suo grande sollievo, lo scuolabus della Bishop Agnew si profilò all'orizzonte. Il cuore di Holly cominciò a battere piú forte. Sbirciò attraverso il vetro della cabina e vide Paul, alto e snello, saltare giú dai gradini del bus. "Ci siamo" pensò. "Ricordati quello che c'è scritto sulla rivista "Heaven". Mantenete la calma!"

Stava per schizzare fuori dalla cabina, quando si accorse che Paul non era solo, ma con un altro ragazzo della Agnew, e conversava animatamente. Holly ebbe un tuffo al cuore. Non si sarebbe di certo messo a chiacchierare con lei, non con il suo amico presente. Ma fece comunque del suo meglio.

Spalancò la porta della cabina e si precipitò fuori andando a sbattere in pieno contro Paul, che urtò contro il suo amico facendolo finire contro il muro.

— Scusa! — disse Holly con il fiato corto, sgranando gli occhi e mettendocela tutta per fare la seducente. — Oh, Paul! Non ti avevo riconosciuto! Ero distratta e non ho visto dove mettevo i piedi.

Paul sorrise. — Me ne sono accorto. Stai bene, Steve?

L'altro ragazzo si massaggiò il gomito e fece segno di sí con la testa.

— Ma poteva andar peggio — rispose. — Tu sei la ragazzina che abita ai Cedri, vero?

Holly si irritò. Ragazzina. Come no.

— Quella matta da legare, dico bene?

Ma chi si credeva di essere? Questa non era affatto l'immagine che voleva dare di sé.

— Ci conosciamo? — gli domandò con un tono di voce che sperava glaciale.

Paul si mise a ridere.

— Questo è il mio fratello gemello, Stephen — disse.

Holly era sorpresa. Non somigliava neanche un po' a Paul, che era alto, biondo e con delle gambe stupende. Stephen era basso, grassottello e con degli orribili capelli fra il castano e il rosso che gli ricadevano sul viso.

— Non fare caso a lui, è uno svitato — aggiunse Paul.

— Svitato, io? — esclamò Stephen. — Se fra noi c'è una svitata, quella è... oh, scusa, com'è che ti chiami?

— Si chiama Holly — disse Paul.

Il morale di Holly schizzò alle stelle. Si ricordava il suo nome. Forse non aveva fatto altro che ripeterlo fra sé e sé, cercando di trovare il coraggio di rivolgerle la parola.

— Be', la svitata è Holly. Per forza. Le piaci!

— disse Stephen, mollando un pugno scherzoso al fratello, che si mise a ridere. Holly pensò che a quel punto tanto valeva sdraiarsi nel canale di scolo e lasciarsi morire in silenzio.

— Non fare caso a lui — si sbrigò a dire Paul. — Gli ho raccontato di come le tue amiche ti avevano messo in difficoltà facendo finta che io ti piacessi.

Holly tirò un respiro di sollievo: evidentemente Paul non si era accorto che in realtà era stata lei a costringere Tansy ad accompagnarla al parco, un paio di settimane prima, per sbavare su di lui che stava giocando a tennis.

Holly deglutí. E adesso, cosa avrebbe fatto? Su "Heaven" non c'era scritto.

— Infatti! — disse con un gran sorriso. — Tansy è incorreggibile.

Paul esitò per un istante.

— Allora — disse Stephen mentre si avviavano verso la casa di Holly — cosa fai quando non sei impegnata a spasimare per mio fratello?

— Dacci un taglio, Steve! — gli ordinò bruscamente Paul.

"Dacci sotto" si disse Holly.

— Oh, di tutto un po' — rispose in tono vago. — Mercoledí vado allo spettacolo degli Shiny Vinyl, e poi abbiamo un fine settimana di attività sportive...

— Gli Shiny Vinyl? — disse Steve sbalordito. — Strepitoso!

— Fine settimana di attività sportive? — disse Paul nello stesso momento. — E dove?

— Nel Dorset — rispose Holly fermandosi davanti al cancelletto di casa sua.

— Oh... che bello — disse Paul. — Anche noi ne facciamo uno con la scuola questo fine settimana. Giú nel Sussex... vela, canoa, corsi di orientamento, quel genere di roba lí.

— È un patito di barche — intervenne Steve. — Ma, a proposito dello spettacolo degli Shiny Vinyl...

— Immagino che tu non vada in barca — continuò Paul.

— Di tanto in tanto — disse Holly con tono indifferente. Le sue esperienze nautiche si limitavano a un'uscita in mare lungo le coste dell'isola di Wight sulla barca di suo zio in una ventosa giornata dell'estate passata, dove lei non aveva fatto altro che vomitare. Ma questo lui non doveva saperlo.

— Grandioso! — esclamò Paul. — Forse...

— Lascia perdere la vela — disse Steve. — Come fai ad avere i biglietti per questo spettacolo? Credevo che fossero riservati a chi ha piú di sedici anni.

Holly gli lanciò uno sguardo pieno di rabbia. Come osava interromperli?

— Ho i miei agganci — gli rispose.

— Puoi procurarli anche a noi? — gli domandò Stephen.

"Noi?" pensò Holly piena di gioia. — Credo di sí — disse. Jade avrebbe fatto meglio a rimediare la merce. Era un'occasione da non mancare.

— Io non ci vengo — disse Paul.

Holly cambiò espressione. Steve si mise a ridere.

— Devi sapere che mio fratello è la persona meno alla moda che conosca — disse con un sorrisetto. — Preferisce inzupparsi in mare con un vento forza cinque piuttosto che ascoltare musica alternativa. Ti ha detto male, ragazzina!

"Quanto mi piacerebbe ammazzarti" pensò Holly.

— La cosa non mi turba — disse. — Ora che ci penso, il mio aggancio ha finito i biglietti.

Steve cambiò espressione.

— Perciò non posso aiutarti — disse Holly. — Ti ha detto male, ragazzino!

Ore 16.45

Jade si ritrovò nell'ingresso del Talking Heads con l'aria molto imbarazzata. Non era abituata a parrucchieri e saloni di bellezza. Era sempre stata sua madre a spuntarle i capelli e a tagliarle le doppie punte; l'unica volta che aveva messo piede dal parrucchiere era stato quattro anni prima, quando aveva fatto la damigella a un matrimonio.

— Posso esserti utile? — le chiese la ragazza del negozio con un sorriso.

— Vorrei un appuntamento per domani — disse Jade.

— Certo. Di cosa hai bisogno?

Jade fece un respiro profondo.

— Vorrei tagliarmi i capelli. Un taglio molto corto.

La ragazza digitò qualcosa sulla tastiera del computer che aveva davanti a sé e sbadigliò.

— Può farteli Melanie alle quattro e mezzo — disse.

"Favoloso" pensò Jade.

— E quanto costa? — domandò.

— Venti sterline.

— *Cosa?* Cioè, va bene. Grazie. A domani.

Doveva usare tutte le sue arti per convincere Paula a darle tutti quei soldi. Ma doveva farlo. Ne andava della sua credibilità.

Ore 17.30. Alta strategia

Svoltando l'angolo di Lime Avenue, Jade vide Paula davanti alla porta di casa che guardava preoccupata a destra e a sinistra.

— Jade! Dove diavolo sei stata? Mi hai fatto stare in pena!

— Mi dispiace — disse Jade con un tono di voce che sperava sufficientemente mansueto. — Avevo l'allenamento di pallavolo; mi ero dimenticata di dirtelo.

Paula sospirò.

— Mi ha telefonato l'insegnante di Nell che vuole vedermi perché Nell sta rimanendo indietro con la lettura, Joshua è stato punto da uno dei suoi ragni e ho dovuto portarlo al pronto soccorso, e preoccuparmi per te è l'ultima cosa di cui ho bisogno!

Jade era sul punto di interrompere quel fiume di parole per dire in tono austero che aveva quattordici anni e quindi era perfettamente in grado di badare a se stessa, quando si ricordò di aver programmato di essere gentile.

— Mi dispiace davvero — disse. — Hai avuto una brutta giornata. Vuoi che ti prepari una tazza di tè?

Ore 18.00

Jade era davanti al lavandino della cucina e aiutava Paula a sbucciare le patate per la cena, come prevedeva il suo piano, quando entrò Joshua stringendo nella mano bendata un barattolo con dentro qualcosa di nero e strisciante.

Si sporse sopra la spalla sinistra di sua madre e glielo fece penzolare davanti agli occhi.

— Aaah! Oh, Josh, portalo via, qualunque cosa sia. È disgustoso. Mettilo in una della tue vaschette.

Josh guardò con affetto il suo nuovo insetto.

— Non posso — disse. — Si mangerebbe gli altri. — Mise un braccio sulla spalla di sua madre. — Potresti finanziarmi una nuova vaschetta? Ti prego.

Paula sospirò.

— Se lo faccio, quella bestia rimarrà chiusa là dentro per l'eternità?

Josh sorrise e fece segno di sí con la testa.

— Okay. Quanto?

Ore 18.10

La terza parte del piano prevedeva apparecchiare la tavola. Jade aveva appena cominciato a piegare i tovaglioli, quando Allegra fece irruzione nella stanza.

— Mamma, mi dai dieci sterline? Per favore. È una cosa megaurgente.

Paula emise un altro sospiro.

— Allegra, non fai altro che chiedermi soldi. A cosa ti servono questa volta?

— Al Rep danno *Il profondo mare azzurro...* di Terence Rattigan[1] — disse.

— So bene chi l'ha scritto — disse Paula.

— Un gruppetto di noi va a vederlo mercoledí; è altamente istruttivo.

Paula sospirò di nuovo.

— Okay. Prendimi il borsellino.

Ore 18.15

— Posso avere anch'io qualche soldo come Allegra e Josh?

Nell era sulla soglia, paffutella e accigliata.

— Non essere sciocca, Nell. A cosa ti servono i soldi?

— Lo so io — rispose lei.

Paula si mise a ridere.

— Be', dovrai aspettare — disse. — Adesso va' a lavarti le mani prima di metterti a tavola.

[1] Terence Rattigan (1911-1977) è un noto drammaturgo inglese.

Nell si mise a singhiozzare.

— Non è giusto — disse. — Sei cattivissima.

Sbatté la porta e corse al piano di sopra.

— Stupidella — mormorò Paula.

Jade fece un respiro profondo.

— A proposito, Paula — disse sforzandosi di apparire disinvolta — potresti darmi dei soldi per andarmi a tagliare i capelli?

Paula aprí il forno e punzecchiò il tortino di carne tritata ricoperto di purè di patate.

— Te li spunto io, tesoro — disse. — Costa molto meno.

— No, intendevo un vero taglio — disse Jade. — Molto corto.

Lo sportello del forno si richiuse sbattendo e le pentole sul piano cottura sobbalzarono in modo allarmante.

— Jade, te l'ho già detto — disse Paula in tono perentorio. — I capelli corti non ti stanno bene. Dammi retta.

— Oh, grandioso — disse Jade. — L'hai deciso tu, vero? Ma che t'importa di come voglio portarli *io*, i *miei* capelli?

Paula le lanciò uno sguardo ammonitore.

Jade fece un altro tentativo.

— Mi serve solo un piccolo prestito — disse.

— No, Jade — replicò Paula. — Se vuoi tagliarti i capelli, dovrai aspettare finché non potrai permettertelo da sola.

— Oh, capisco! — gridò Jade. — Se si tratta di dare soldi a palate a Josh e ad Allegra, va tutto bene. Io invece non conto nulla, vero?

Paula fece per parlare, ma Jade ormai aveva rotto gli argini.

— Be', per quanto mi riguarda, va bene cosí — urlò — perché io vado a tagliarmi i capelli e tu non potrai impedimerlo in nessun modo!

Ore 18.30. Piccole preoccupazioni

Jade era in camera sua a bollire di rabbia. Non era giusto; sua madre non l'avrebbe mai fatta tanto lunga su una questione insignificante come un taglio di capelli. Sua madre le diceva che crescere significava anche imparare a esprimersi. Be', Paula poteva fare come voleva, ma lei non si sarebbe piú fatta comandare.

"Il fatto è" pensò "che fare i gradassi a parole è un conto, ma trovare i soldi è tutto un altro paio di maniche." Nel suo cassetto aveva undici sterline, che per il nuovo taglio spregiudicato che voleva non bastavano proprio.

Stava giusto riflettendo se chiedere al parrucchiere cosa potessero farle per undici sterline, quando sentí dei singhiozzi provenire dalla stanza accanto. Mollò la rivista che stava sfogliando e uscí sul pianerottolo.

— Nell! — esclamò aprendo la porta e trovandosi davanti la bambina che piangeva raggomitolata sul letto. — Che succede?

Si accovacciò accanto al letto e le prese la mano. Sua cugina la ritrasse immediatamente e si mise a sedere.

— Niente — disse tirando su con il naso. — Non te lo dico. Niente.

Jade si sentí morire. Sapeva bene cosa significasse starsene seduta da sola nella propria cameretta con il morale a terra. E lei aveva quattordici anni, non sette.

— A me puoi dirlo, Nell. Forse posso aiutarti.

Nell la fissò seria con gli occhioni marrone che si stavano di nuovo riempiendo di lacrime. Jade si ricordò di cosa le aveva detto poco prima Paula.

— Si tratta della scuola? — le chiese.

— No! — gridò Nell. — Non è per questo.

— Okay, okay — disse Jade cercando di placarla. — Pensavo solo che fossi preoccupata per la lettura.

Nell fece una smorfia.

— La lettura è stupida! — gridò. — La scuola è stupida! Tu sei stupida! Vattene!

Jade sospirò e si rimise in piedi.

— Vado a chiamare tua madre — disse. — Lei saprà cosa fare.

— No! — fece Nell con il fiato in gola. — Ti prego, Jade. Non dire niente a mia madre. Guarda, adesso sono contenta. Vedi?

Fece un sorriso lacrimoso, e Jade lo ricambiò.

— D'accordo, ti credo — disse. — Se hai bisogno di aiuto me lo dici, vero?

Nell deglutí e fece lentamente segno di sí con la testa.

Jade chiuse la porta e se ne tornò pensierosa in camera sua. Non era affatto convinta. Sapeva che certe volte era piú facile fingere che tutto andasse bene, piuttosto che spiegare cos'era che non andava.

Ore 18.45. Scontro fra cugine

— Ehi, quella rivista è mia! — Allegra si sporse sopra la spalla di Jade e gliela strappò di mano. — Come osi toccare le mie cose!?

— Scusa tanto! — ribatté Jade. — La stavo solo sfogliando.

— Be', non farlo! — disse Allegra in tono odioso. — Quando vuoi leggere una rivista, compratela!

Jade contò fino a dieci, poi fino a venti. Ma aveva ancora voglia di ammazzare la cugina.

— E adesso, ti dispiacerebbe andare all'inferno? — domandò Allegra. — Mi serve pace e tranquillità per imparare la mia parte.

— Quale parte? — le domandò Jade.

— Giovanna d'Arco — rispose Allegra prontamente. — Ho ottenuto la parte principale nella recita scolastica.

— Giovanna d'Arco? Non è quella che hanno bruciato sul rogo?

Allegra annuí.

— Che bello! — disse Jade. — Peccato solo che non ti daranno davvero fuoco.

Ore 19.15. Una situazione spinosa

Erano a metà della cena, quando squillò il telefono.

— Rispondo io! — urlò Allegra. — Sarà sicuramente per me.

Afferrò la cornetta.

— Dunchester otto-uno-uno-uno-due-tre. Oh. Sí. È in casa. Un momento.

Si rivolse a Jade.

— È per te — disse immusonita. — Holly comesichiama.

Jade sobbalzò.

— Jade, li hai presi? — Holly gridava cosí forte che Jade pensò che tutti la sentissero.

— No — rispose.

— Lo *sapevo* che non ce l'avresti fatta! Avresti dovuto chiederlo ad Allegra!

— Shhh! — bisbigliò Jade guardandosi subito alle spalle. — Certo che posso farcela, ma dovete darmi i soldi.

— Oh... hai ragione. Quanto?

Jade era consapevole di essere sotto lo sguardo vigile di Allegra e Nell.

— Dieci sterline.

— *Cosa?* — fece Holly sorpresa.

— Senti, adesso stiamo cenando. Ti richiamo dopo.

Tornò a tavola e sorrise.

— Hai fatto l'antipatica a lei? — domandò Nell facendo rotolare una patatina nel piatto.

— *Con lei* — la corresse automaticamente Paula. — Certo che no. Non fare la stupidina, Nell. E mangia quello che hai nel piatto.

Allegra guardò Jade con sospetto.

— Perché le hai chiesto dieci sterline? — domandò.

— Per il cinema — rispose. — Ci andiamo mercoledí e hanno incaricato me di comprare i biglietti.

Paula posò rumorosamente coltello e forchetta.

— Ah, no — disse in tono deciso. — Non durante i giorni di scuola, quando devi alzarti presto. Non se ne parla.

Jade le lanciò un'occhiataccia.

— Non è giusto — disse. — Tutte le mie amiche hanno il permesso di andarci.

— Be', le tue amiche non sono sotto la mia responsabilità, tu invece sí. E la mia risposta è no!

Jade sbatté il pugno sul tavolo, facendo rotolare i piselli sulla tovaglia.

— Non posso crederci! Hai detto che Allegra poteva uscire questo venerdí; ti ho sentita!

— Allegra ha un anno piú di te e poi lei va a teatro. È diverso.

Jade spinse indietro la sedia e scattò in piedi.

— Oh, be', naturalmente — disse come una furia. — Sei brava a fare due pesi e due misure. Io sono soltanto una parassita, vero? Tu non…

— JADE! David, di' qualcosa!

David alzò gli occhi dal giornale della sera.

— Chiedi scusa a tua zia, Jade — disse in

tono pacato, rituffandosi immediatamente nelle pagine finanziarie.

— E per cosa? Per desiderare di vivere? Ho sempre pensato che vi avrebbe fatto piacere vedermi uscire. In fin dei conti, non vi piace avermi qui, o no?

Paula stava per aprire bocca e replicare, quando suonarono alla porta.

— Vado io, cosí potete sparlare tranquillamente di me!

Jade uscí come una furia dalla cucina, sbattendosi la porta alle spalle. "Non devo piangere" si disse con fermezza. "Questa soddisfazione non gliela devo dare."

Aprí la porta e si trovò davanti un donnone con una giacca cerata e un cane ancora piú grosso di lei al guinzaglio.

— Oh, che bellezza! Siete in casa — disse. — C'è una signorina Williams qui?

Jade annuí con espressione di sorpresa.

— Io.

— Oh, perfetto! — disse la donna con voce tonante. — Questa lettera l'hanno messa nella mia cassetta, ma è indirizzata al trentacinque e non al cinquantatré.

Porse a Jade una busta blu e rossa, di quelle per via aerea.

— È della nonna! — esclamò Jade senza pensarci. — Non ne azzecca mai una! Oh, mi scusi... e grazie. Grazie tante.

— Figurati — disse la donna con entusiasmo. — Qualche volta mi confondo anch'io. È la vecchiaia, sai com'è! Andiamo a fare una passeggiatina, Lucrezia! — Detto ciò, tornò sui suoi passi saltellando giú per il vialetto, quindi si voltò e fece un allegro cenno di saluto.

Jade si sedette sugli scalini e strappò la busta. Ne uscí una banconota da venti sterline. La prese e se la strinse al petto.

"Fantastico!" pensò. "È un presagio. È destino che debba tagliarmi i capelli. Adesso Paula non potrà impedirmelo per nessuna ragione al mondo."

L'idea di averla avuta vinta sulla zia la appagava quanto quella di un nuovo look.

Seduta sull'ultimo gradino delle scale, tentò di decifrare la stravagante calligrafia di sua nonna.

113 Heath Place,
Westmont,
Illinois,
USA

Carissima Jade,
quando riceverai questa lettera, io sarò già di ritorno! Qui con Alice mi sono divertita un mondo, ma devo confessare che sono piú che contenta di tornare alla vita di tutti i giorni e soprattutto di rivedere la mia adorata nipote. Sono certa che ti troverò incredibilmente cresciuta. Abbiamo tantissime cose da raccontarci... ma quando?

— Jade! Vieni a finire di cenare.

Paula, tutta rossa in viso, fece capolino dalla porta della cucina.

— Chi era?

A passo lento, Jade ripercorse il corridoio ancora immersa nella lettura della lettera.

— Una donna che abita al trentacinque — disse. — Mi ha dato questa. È della nonna.

Paula gettò gli avanzi della cena nella pattumiera e fece cenno a Jade di terminare il pasticcio che aveva lasciato nel piatto.

Jade continuò a leggere.

Potresti aiutarmi a mettere a posto le fotografie dei tuoi genitori. Sono certa che ce ne sono alcune che vorresti tenere tu.

Sarò di nuovo a Brighton venerdì prossimo. Fammi una telefonata, tesoro. Non vedo l'ora di risentire la tua voce.

Con tanto affetto,

nonna

— Dice che ha delle cose di mamma e papà che potrei tenere io. Posso andarci il week-end dopo questo, che ne dici? — la pregò Jade.

Paula mise con fracasso i piatti nel lavandino e aprí il rubinetto.

— Non posso mica mollare ogni cosa per correre nel Sussex — rispose bruscamente. — E poi, il sabato Allegra ha le prove.

Jade la fulminò con lo sguardo.

— E allora? Mica devi accompagnarmi. Posso prendere il treno, sai. Non sono mica imbranata.

— Ah, no? — bofonchiò Allegra. — Allora fai solo finta.

David le lanciò un'occhiata ammonitrice.

Jade ignorò la cugina.

— Allora, posso? Tra due sabati?

— No!

David deviò la sua occhiata ammonitrice sulla moglie.

— Cosa vuol dire no? — esplose Jade. — Si tratta della mia vita e farò come mi pare!

— Non intendo dire che non potrai andarci mai; ma non subito! — gridò Paula. — È troppo presto. È...

— Troppo presto! — urlò Jade. — Non la vedo da sei mesi. Ho bisogno di incontrarla.

Paula fece un respiro profondo.

— Allora la invitiamo qui — disse cercando di non alterare il tono della voce. — Per un fine settimana. Sarà carino, no?

Jade scosse energicamente la testa.

— No e poi no! Io voglio andare a Brighton. Voglio vedere Tanya e tutte le altre mie amiche, e la mia vecchia casa e... voglio semplicemente tornare a casa mia!

Il volto di Paula si rannuvolò.

— È questa casa tua — disse.

— No che non lo è! — gridò Jade trattenendo le lacrime. — Questo è il posto dove vivo. Ma non è casa mia. E mai lo sarà! Casa mia è a Brighton ed è lí che voglio tornare!

Detto ciò, uscí di corsa dalla cucina, salí le scale e andò in camera sua. Si buttò sul letto e afferrò la fotografia dei suoi genitori.

— Voglio tornare a casa! — gridò loro. — Questo posto lo odio! È tutta colpa vostra. Perché siete morti? Perché? Perché? PERCHÉ?

Scaraventò la fotografia sul pavimento, affondò il viso nel cuscino e scoppiò in un pianto irrefrenabile.

Ore 19.30

— Pronto, Cleo? Holly. Ho parlato con Jade. Non ha preso i biglietti.

"Grazie al cielo" pensò Cleo.

— Ma non preoccuparti, è solo perché non le abbiamo dato i soldi. Le dobbiamo dieci sterline a testa. Ho già avvisato Tansy.

Cleo deglutí. Non voleva spendere tutti quei soldi per qualcosa che non aveva voglia di fare. Ma se l'avesse detto, sarebbe passata per una smidollata.

— Okay — disse. — Porto i soldi domani a scuola.

Tutto sarebbe andato per il verso giusto. Jade non ce l'avrebbe mai fatta a comprare i biglietti. E lei avrebbe riavuto i suoi soldi indietro. Nessun problema.

MARTEDÍ

Ore 8.00. 3 Plough Cottages, Cattle Hill, West Green, Dunchester. Giorno memorabile

— Tansy! C'è Andy!

Tansy si stava guardando nello specchio della toletta con un gran desiderio di avere capelli lisci e docili, quando sua madre la chiamò.

Afferrò lo zainetto e aprí la porta.

— Sarà felicissima che sei passato a prenderla — sentí dire sua madre mentre galoppava giú per le scale.

Tansy rimase sconcertata. Ma non lo sapeva che non si doveva a nessun costo lasciar capire a un ragazzo che la sua presenza rendeva felici? Non che in fatto di uomini sua madre capisse granché. Per decidere chi fosse il padre di Tansy ci aveva messo dei secoli; e mentre Tansy cresceva, lei aveva avuto una lunga serie di fidanzati straordinariamente inadeguati.

— Allora, voi due, non vedete l'ora che arrivi questo fine settimana, eh? — disse Clarity elettrizzata, ridendo alla volta di Andy, che se ne stava impalato nell'ingresso con un grosso sorriso stampato in faccia e gli occhiali calati a metà naso. — Potrete approfondire la vostra conoscenza e...

— MAMMA! — bisbigliò Tansy. Quant'era pesante, davvero! — Noi andiamo. Ci vediamo alle quattro e mezzo.

Diede un bacio veloce a sua madre e dirottò Andy fuori dalla porta prima che Clarity potesse pronunciare un'altra sola sillaba imbarazzante.

— Indovina un po'! — gridò Andy non appena la porta si chiuse alle loro spalle. — Ho ricevuto una cartolina di mia madre. Questa volta ha scritto un sacco.

Tansy gli sorrise, quindi chiese: — Favoloso! Dove si trova?

La mamma di Andy era scomparsa mesi prima; un giorno era uscita di casa e non era piú tornata. Mandava cartoline al figlio a distanza di alcune settimane una dall'altra e sempre da un posto diverso, in modo che la polizia non si desse la pena di cercarla.

«Dicono che, se vogliono, i grandi hanno tutti i diritti di andarsene» aveva detto una volta Andy a Tansy con tono triste. «E non si può considerarla una persona scomparsa, perché si fa viva con queste cartoline. Però si limita a scriverci "Con tantissimo affetto, mamma." Niente di piú.»

Tansy la riteneva una strana specie di affetto, visto che aveva lasciato Andy e suo fratello Ricky in quel modo. Di solito, quando Andy riceveva una sua cartolina, ammutoliva per un paio di giorni. Ma questa volta sembrava piuttosto eccitato.

— Sta' a sentire — disse entusiasta, sistemandosi gli occhiali e sbirciando la cartolina.

> Caro Andy,
> questa settimana non faccio che pensare a te, perché so che andrai a fare una gita scolastica. Divertiti un mondo. Credimi, sento molto la tua mancanza. Un giorno ti racconterò ogni cosa, e forse allora capirai e mi perdonerai.
> Ti sto scrivendo seduta davanti al mare, mentre guardo i gabbiani che litigano per conquistarsi gli avanzi di pane. Ho mandato a Ricky una cartolina con Thomas il Trenino. Abbi cura di lui.
> Con tanto affetto, mamma.

— Non è fantastico? — la incalzò.

Tansy deglutí, quindi disse con una certa esitazione: — Be', sí. Ma non c'è nessun indirizzo?

— No, ma il timbro postale dice "Brighton e Hove" — rispose lui eccitato. — Ma non è questo il punto. Capisci, scrive che un giorno mi racconterà ogni cosa. Perciò vuol dire che tornerà.

Tansy gli prese la mano e gliela tenne stretta.

— È una cosa meravigliosa, Andy.

— E sa anche della gita scolastica — farfugliò elettrizzato. — Significa che qualcuno la tiene informata, e quel qualcuno sa pure dove si trova! Se solo riuscissi a scoprire chi è!

A Tansy dispiaceva tanto per Andy. Era stata dura per lei accettare il fatto che non avrebbe mai conosciuto il suo vero padre, ma non riusciva proprio a immaginare cosa significasse venire abbandonati dalla persona che amavi sopra ogni cosa.

Andy fece scivolare con cura la cartolina nella tasca della giacca.

— Ho la sensazione che tornerà a casa molto presto.

Tansy si augurò che le speranze di Andy su sua madre non svanissero di colpo come quelle che lei aveva riposto nel suo ignoto padre.

Ore 8.10. 5 Kestrel Close. Acqua sul fuoco

Mentre Tansy e Andy discutevano dei loro genitori assenti, Cleo gironzolava per il corridoio, giocherellando con i suoi capelli scuri e cercando di ritardare al massimo l'andata a scuola. Dietro la porta chiusa della cucina, la madre e il patrigno stavano litigando. Un ennesimo litigio. E Cleo non avrebbe mai lasciato sua madre da sola, quando Roy era arrabbiato.

— Credo di avere ottime probabilità di venire scelta per la pubblicità delle mutande — stava dicendo Diana in tono implorante. — E guadagnerei anche bene, sai.

— Ah, sí? — tuonò Roy. — È il minimo, visto quanto spendi! Se avessi saputo in che modo tu e la tua insopportabile prole mi avreste prosciugato, non ti avrei mai...

— Sposata, è questo che vuoi dire? — urlò Diana con voce rotta. — Non l'ho deciso mica io di non lavorare! Sai bene quanti provini ho fatto.

— Oh, come no — sghignazzò Roy. — E quando non ottieni la parte, ti consoli correndo da un negozio all'altro a spendere altri soldi. Non posso mica mantenere questa famiglia da solo, non intendo andare avanti cosí.

Cleo trasalí. Cosa voleva dire? Se ne sarebbe andato come aveva fatto suo padre? Se anche Roy se ne fosse andato, la mamma avrebbe avuto un altro esaurimento. Quando era di cattivo umore, Roy era una persona veramente orrenda, ma per il resto era okay. Lei non poteva pensare alla possibilità che sua madre vivesse nella stessa angoscia di quando se ne era andato suo padre.

— Non ce n'è bisogno — si affrettò a dire Diana. — Max manda i soldi per le ragazze ogni mese.

Cleo sentí il tonfo di un pugno sul tavolo della cucina.

— Oh, certo! Una miseria in confronto a quello che ci costano in vestiti; e poi ci sono le lezioni di equitazione di Lettie e ora il campeggio, o quello che è, a cui va Cleo...

Fu la goccia che fece traboccare il vaso. Cleo spalancò la porta della cucina.

— Smettila di urlare contro mia madre! — gridò. — A quel fine settimana non ci andrò.

Do la disdetta, se questo vi farà risparmiare dei soldi.

Roy si voltò e un sorriso colpevole affiorò sui suoi lineamenti da burbero.

— Non sapevo che fossi lí — disse. — Non c'è problema... vacci pure. Risparmiare quei soldi sarebbe come frenare una mareggiata con una tazzina. Adesso devo andare.

Si fermò per prendere il giornale e la ventiquattrore.

— In questa casa qualcuno dovrà pur guadagnare — disse con intenzione, lanciando un'occhiata severa a Diana. Poi uscí senza baciare nessuna delle due.

— Stai bene? — sussurrò Cleo a sua madre. — Permettimi di dare la disdetta per quel fine settimana e di restare a casa con te.

Diana fece una risata secca.

— Assolutamente no, angelo mio — disse. — Andarci ti farà bene.

"E invece no" pensò Cleo.

— Ma, mamma...

— Tesoro, sto bene. Benissimo — ribadí sua madre.

Cleo avrebbe tanto voluto crederle.

Ore 8.20. I Cedri. I ragazzi: che spettacolo!

Holly stava davanti alla finestra della sua stanza in adorazione. Da lí vedeva la cucina della casa che era stata costruita su quello che un tempo era l'orto di famiglia: la casa di Paul. Anzi, vedeva proprio Paul, appoggiato al piano di lavoro con una tazza in mano, che parlava con sua madre.

Era divino. Aveva un fisico da sballo. Ed era suo. Be', ancora non proprio, ma era solo questione di tempo.

Mentre se ne stava lí in contemplazione, Paul mise la tazza nel lavandino, alzò lo sguardo e incontrò il suo. Le si seccò la gola e, mentre alzava un braccio per salutarlo, lui le sorrise. Si sentí lo stomaco sottosopra.

Gli piaceva. Glielo leggeva negli occhi. "Ti supplico, Dio" pregò "potresti fare in modo di farci incontrare? Presto. Molto presto. Amen."

Ore 8.35. Mal d'amore

Proprio mentre Jade svoltava l'angolo di Lime Avenue, vide Scott che le camminava davanti su Dulverton Road. Si accigliò. Normalmente l'aspettava davanti a casa per poi fare la strada insieme.

Si mise a correre.

— Scott! — lo chiamò. — Aspettami!

Lui si fermò di scatto e si girò.

— Ciao! — disse Jade senza piú fiato in corpo, avvicinandosi e prendendolo sottobraccio.

— Ciao — fece lui senza grande entusiasmo, e garbatamente sottrasse il braccio dalla sua presa. — Hai procurato i biglietti?

Jade aggrottò la fronte.

— No, mi servono i soldi — disse. — Dieci sterline.

Scott sgranò gli occhi.

— Oh, be'. Allora mi tiro fuori — disse riluttante. — È una somma che proprio non posso permettermi. Sono al verde!

— Ma devi venirci assolutamente! — esclamò Jade. — Dieci sterline non sono una gran cifra.

— Per me, sí! — rispose brusco Scott. — Fitz è di nuovo malato.

Jade si morse il labbro. Fitz era il cane di Scott, e lui lo adorava.

— Da quando è rimasto imprigionato in quel cantiere non si è piú ripreso — disse Scott. — Dimagrisce e ha perso la vivacità di un tempo. Lo porterò dal veterinario, ma mia madre dice che devo contribuire alle spese.

Jade rimase in silenzio. Se Scott non andava al concerto, non c'era motivo perché ci andasse lei.

— Allora — disse Scott, cambiando argomento mentre arrivava il bus — a te come vanno le cose?

— Un disastro — rispose. — Mia nonna è tornata dall'America e vuole che vada a trovarla.

— E che c'è di tanto disastroso? — le chiese.

— Paula non mi lascia andare — rispose Jade. — Ci crederesti? È cosí egoista che non vuole farmi rivedere i miei vecchi amici e tutto il resto.

— Perché? — domandò Scott perplesso.

— E che ne so? Forse perché mi odia!

Scott fece un sospiro.

— Non ricominciare con questa storia — disse stancamente. — È ovvio che non ti odia. Se odi qualcuno mica lo fai venire ad abitare a casa tua.

— Non aveva scelta! — replicò Jade. — Era scritto nel testamento di mamma e papà.

Scott diede un calcio a un sasso.

— Avrebbe sempre potuto dire di no — osservò lui.

— Ma da che parte stai? — gli domandò Jade in tono secco.

— Dalla parte di nessuno! — ribatté Scott. — È solo che comincio a stancarmi di sentire quanto ti rendano la vita difficile.

Il cuore di Jade si arrestò per un istante.

— Non ti piaccio piú? — sussurrò.

Scott fece una pausa – un po' troppo lunga per i gusti di Jade.

— Certo che mi piaci — disse. — Scusa, ma vorrei che fossi un po' piú... be', allegra.

Jade fece un respiro profondo. Scott la voleva allegra. Okay, okay.

— Che mi dici di questo week-end? — disse in tono brioso. — Insieme per tre giorni interi. Sarà fantastico, non trovi?

Scott sospirò.

— Mmm — fece.

Jade pensò che avrebbe potuto manifestare anche un po' piú di entusiasmo. Non era forse innamorato di lei? Magari era solo preoccupato per Fitz. Doveva trovare il modo di distrarlo.

Ore 9.00. West Green Upper School. Cambiamento di piani

— Perché questa assemblea straordinaria? — bofonchiò Tansy a Cleo mentre attraversavano l'atrio.

Cleo scrollò le spalle.

— Sarà uno dei soliti discorsetti del signor Boardman sugli esami di ammissione al college, sul fatto che dobbiamo lavorare sodo e diventare qualcuno — sorrise. — Ogni tanto deve pur fare il preside.

Il signor Boardman era sul palco.

— Ho brutte notizie.

"È morto qualche pezzo grosso" si disse Holly guardandosi le unghie e pensando che avrebbe dovuto mettersi lo smalto, casomai le fosse capitata l'occasione di accarezzare i capelli di Paul.

"Qualcuno ha ricoperto di graffiti la palestra" pensò Tansy, guardando come i capelli di Andy formavano dei riccioli sulla nuca.

"Brutte notizie, dice" pensò Jade imbronciata. "La mia vita è già abbastanza brutta cosí com'è."

— Al Centro Ricreativo di Hoppinghill è divampato un grave incendio. Di conseguenza, temo che il fine settimana programmato per gli studenti di prima liceo non potrà piú svolgersi lí.

Un'esclamazione si sollevò unanime dalle studentesse presenti, seguita da un'esplosione di chiacchiericcio ansioso.

— Oh, no! — fecero in coro Tansy, Jade e Holly.

"Evviva!" pensò Cleo sforzandosi di apparire delusa agli occhi delle amiche.

— Comunque sia — proseguí il signor Boardman alzando una mano per ottenere il silenzio — non tutto è perduto.

Un vociare speranzoso attraversò la sala.

— Il Bishop Agnew College ha organizzato un fine settimana simile al nostro in un altro centro per gli studenti di seconda liceo. Per nostra fortuna, il loro gruppo è piuttosto esiguo e hanno ancora dei posti liberi. Se i vostri genitori daranno il loro consenso, ci uniremo alla Bishop Agnew al Downsview Centre nel Sussex!

— Bishop Agnew! — disse Holly con il fiato in gola. — È la scuola di Paul! Parto insieme a Paul! — "Grazie, Dio, grazie" aggiunse in silenzio fra sé e sé.

— Brighton non è nel Sussex? — sussurrò Andy a Tansy.

Il signor Boardman alzò di nuovo la mano.

— Potrete svolgere diverse attività e sono certo che vi divertirete un mondo. Domande?

Jade alzò la mano.

— Nel Sussex, ma dove, signore? — domandò.

— Che sciocco! Non l'ho detto — disse. — Il centro si trova a Poynfield. Alle porte di Brighton, proprio sul mare.

Si sentiva gratificato nel vedere almeno tre delle sue studentesse cosí felici.

Ore 11.30. In laboratorio, ma con scarso interesse per la scienza

Jade non si stava affatto concentrando sulle proprietà dell'acido cloridrico. Riusciva a pensare solo al fatto che venerdí sera si sarebbe trovata a pochissimi chilometri dalla sua vecchia casa. Cosí avrebbe avuto modo di telefonare a sua nonna e dirle in che modo odioso si stava comportando Paula. La nonna avrebbe sistemato ogni cosa. Per poco non scoppiava dalla felicità.

— Jade! — la chiamò Tansy mentre andava a pranzo, dopo la lezione di educazione artistica. — Eccoti i soldi del biglietto per gli Shiny Vinyl. Andy non ci viene – deve badare a Ricky quando suo padre lavora fino a tardi – e io ho detto alla mamma che andiamo al cinema, perciò non farti scappare niente. Capito?

L'entusiasmo di Jade svaní. Doveva procurarsi quei biglietti, altrimenti sarebbe passata per un'imbranata agli occhi di tutti. Sembrava stupido darsi tanto da fare per un concerto di cui non le importava niente, ma ormai non poteva tirarsi indietro.

— Li prenderai, vero? — domandò Tansy.

— Certamente — rispose con tono distratto. — Ci penso io.

Ore 16.00. Jade si fa bella

Jade non si aspettava che fosse tanto impegnativo. Guardandosi nello specchio del parrucchiere, si domandò se avesse il coraggio di andare avanti. Si toccò i lunghi capelli ondulati. Da bambina suo padre la chiamava riccioli d'oro e le diceva che non avrebbe dovuto tagliarseli mai

Ma suo padre non era qui e lei doveva ricominciare a vivere. Non era ciò che le dicevano tutti?

— Salve. Io sono Melanie — disse la ragazza del salone mettendole una mantellina nera sulle spalle. — Cosa posso fare per te?

— Voglio tagliarli — disse Jade senza riprendere fiato. — Cosí.

E spinse sotto il naso della ragazza la pagina che aveva strappato di nascosto dalla rivista di Allegra.

— Caspita! Che cambiamento! — disse Melanie passandole la mano fra i capelli. — Ne sei proprio sicura?

— Sí — rispose Jade in tono enfatico. — Al cento per cento.

— Non vuoi mica cambiare colore, vero? — domandò Melanie guardando la fotografia.

Jade esitò un momento.

— Immagino che sia un po' troppo giovane... — bisbigliò la parrucchiera.

— E invece voglio tingerli — annunciò Jade.

Ore 17.30. Il risultato finale

"Non piangere" si disse Jade con tono deciso. Allo spettacolo della montagna di riccioli color miele sul pavimento, e davanti alla sconosciuta riflessa nello specchio con un'ispida chioma ramata di appena cinque centimetri, si chiese se non avesse commesso il piú grande errore della sua vita. Quel taglio a lei non stava bene come alla modella della foto, neanche un po'. E non aveva neanche rafforzato la sua autostima, come aveva pensato. Si sentiva allo scoperto e vulnerabile, quasi non fosse piú sicura di chi fosse. Era cosí... diversa.

— Strepitosa! — disse Melanie estatica, reggendole uno specchio affinché potesse vedersi la nuca.

— Sono un po'... irsuti — disse Jade.

Melanie si sentí oltraggiata.

— È l'essenza di questo look — ribatté. — Mettiti un paio di grossi orecchini e un po' di trucco e le tue amiche non ti riconosceranno!

"Immagino che sia un look piuttosto trendy" pensò Jade titubante. Tuttavia...

— Quanti anni dimostro cosí? — chiese timidamente.

— Oh, sedici a dir poco — rispose Melanie staccando l'arricciacapelli dalla presa elettrica.

"Forse" pensò Jade "non è poi cosí male. Anzi, potrebbe cominciare a piacermi. O no?"

Ore 17.45. Il successo, finalmente

Quando Jade arrivò da Discdate, trovò il negozio affollatissimo. Aveva esagerato con il rossetto e la matita per gli occhi, e sperava solo che l'uniforme scolastica non sminuisse la sua nuova immagine sofisticata.

Prese fiato e si avvicinò al bancone.

— Quattro biglietti per il concerto di domani degli Shiny Vinyl, per favore — disse, estraendo dal borsellino quattro banconote da dieci sterline.

— Subito — fece il ragazzo. — Quaranta sterline, prego. L'ingresso è alle diciannove e trenta. I biglietti non sono rimborsabili.

Quindi le consegnò i biglietti con un — Buon divertimento!

"Ce l'ho fatta" pensò Jade stupefatta. "Ce l'ho fatta davvero. Non sono piú una bambina. Adesso ho l'atteggiamento giusto. Ho fatto proprio bene a cambiare look."

Si passò la mano sui capelli corti. Sarebbero ricresciuti, certo. E il colore non sarebbe durato in eterno. Non era mica una questione di vita o di morte.

Fu sull'autobus, tornando a casa, che le venne in mente che avrebbe dovuto affrontare l'unica persona che invece l'avrebbe presa *molto* seriamente.

Ore 18.00. Reazioni da far rizzare i capelli

Quando Jade arrivò a casa, Paula non c'era. Corse di sopra e si precipitò in camera, ansiosa di dare un'altra occhiata ai capelli prima di affrontare l'inevitabile discussione.

Grande fu il suo sgomento, quando trovò

Allegra seduta in fondo al letto che si dipingeva le dita dei piedi.

— Non avvicinarti — esordí voltandosi verso Jade. — Mi faresti andare storta... Jade! I tuoi capelli!

Jade sorrise.

— Che ti sei fatta? Sono... sono... cortissimi! — disse Allegra quasi senza fiato. — E il colore... sono rossi!

— Rame brunito, per la precisione — ribatté Jade.

Allegra rimase a fissarla per un lungo momento senza spiccicare parola.

— Mia madre ti ucciderà — disse alla fine.

Jade scrollò le spalle.

— Peggio per lei — disse. — Ormai è fatta.

— Non ti stanno bene — commentò Allegra sprezzante. — E dietro sono tagliati male.

— Ma cosa ne capisci? — ribatté Jade. — È proprio questa l'essenza del look. È fatto apposta per creare un impatto.

Al piano di sotto si sentí sbattere la porta di casa.

— È tornata la mamma! — sogghignò Allegra. — Adesso te lo darà lei l'impatto. Dai, che questa non me la voglio proprio perdere!

Paula era in cucina, intenta a svuotare le buste della spesa.

— Ciao, mamma! — Allegra entrò in cucina saltellando e andò ad abbracciare sua madre. — Jade è tornata!

— Oh, bene — disse Paula voltandosi. —

Com'è andata a scuola? Oddio... Jade! Oh!

Si portò una mano alla bocca e afferrò lo schienale di una sedia per sostenersi.

— Che hai combinato? — chiese in tono lamentoso. — I tuoi bei capelli? Jade, come hai potuto?

Jade fece un bel respiro.

— I capelli sono miei e ci faccio quello che mi pare.

Paula era vicina alle lacrime.

— Sono terribili! E quel colore orribile, cosí sfacciato e volgare.

Paula si accasciò sulla sedia.

— Come hai potuto essere cosí sconsiderata, cosí stupida? Come pensi che si sentirebbe tua madre?

Allegra rimase senza fiato, lo stesso Jade. Si sentiva tremendamente in colpa. A sua madre non sarebbero piaciuti affatto. Lo sapeva. Ma sapeva anche che non poteva avere lo stesso aspetto per tutta la vita.

— Mamma, non è giusto — disse Allegra, sotto lo sguardo allibito di Jade. — Non può mica continuare a vivere facendo ciò che secondo te avrebbe voluto la zia Lizzie. La zia Lizzie è morta. Jade è viva.

Si interruppe, ovviamente sorpresa dalla sua esplosione verbale.

— Non sto dicendo che ha fatto bene — si affrettò ad aggiungere tornando al suo solito sarcasmo. — Ma non è la fine del mondo. I capelli ricresceranno e quell'orrendo rosso sparirà. Non è una questione di vita o di morte.

Paula tirò su col naso e si asciugò gli occhi con uno strofinaccio. Jade era ammutolita. Se qualcuno le avesse mai detto che un giorno Allegra avrebbe preso le sue difese, non avrebbe esitato a dargli del pazzo.

Ma c'era qualcos'altro. Paula aveva nominato sua madre, cosa che ormai non succedeva da intere settimane. Forse, solo facendola arrabbiare sarebbe riuscita a far parlare sua zia. Era solo un'idea.

— Stavo pensando di darti il permesso di andare al cinema domani — disse Paula. — Ma adesso puoi anche scordartelo. Non ti muovi di casa.

Jade la fulminò con lo sguardo.

— Non puoi! — disse. — Non puoi farmi questo!

Paula increspò le labbra.

— Ah, non posso? — disse. — Aspetta e vedrai.

— Grazie per aver preso le mie difese — bisbigliò Jade ad Allegra mentre tornavano di sopra.

Allegra fece spallucce.

— Be', almeno non ti sei comportata da smidollata come tuo solito — disse. — Hai avuto coraggio, anche se adesso assomigli a un radicchio arrabbiato.

Jade le lanciò un'occhiataccia.

— Non riesco a credere che domani non mi farà uscire — si lamentò. — Devo farlo a tutti i costi.

Allegra le rivolse uno sguardo furbo.

— Perché? Che succede di tanto speciale domani?

Jade si interruppe. Poteva fidarsi di Allegra?

— Vai a giocare con le tue amichette, no?

No, non poteva.

— Oh, va' a farti friggere — le disse Jade.

Jade stava uscendo dal bagno, quando si imbatté in Nell, che la fissò con aria stupefatta.

— Chi è stato? — le domandò con gli occhi pieni di lacrime.

Jade la guardò sconcertata.

— Ma di cosa parli, Nell? — disse. — È stata la parrucchiera. Li volevo corti. Non ti piacciono?

Nell scosse violentemente la testa e scese di sotto.

"Oh, fantastico" pensò Jade. "Alla faccia del nuovo look." E cominciò a chiedersi quanto tempo ci avrebbero messo i capelli a ricrescere.

MERCOLEDÍ

Ore 8.00. I Cedri. Problemi di look

— Mamma, mi servono dei vestiti nuovi. Urgentissimamente! — Holly era sulla soglia della cucina, consapevole che, quando c'era aria di richieste di soldi, sua madre era sempre pronta a cercare una rapida via di fuga.

Angela Vine sollevò lo sguardo dal foglio pieno di cifre che le stavano facendo perdere la pazienza.

— Oh, tesoro. Non essere sciocca! — la ammoní. — Hai un armadio pieno di vestiti. Perché diamine te ne servirebbero degli altri?

Holly non finiva mai di stupirsi di sua madre, che riusciva a organizzare la raccolta di fondi per i centri di assistenza per le donne e a tenere la contabilità di minimo tre enti di beneficenza, ma non era in grado di afferrare appieno le questioni basilari della vita.

— Per questo fine settimana — disse Holly pazientemente. — Mi servono un maglione, scarpe da ginnastica e dei pantaloni a vita bassa. Tutto nuovo. E poi ho visto una favolosa maglietta coloratissima, e...

Angela posò la penna esasperata e spinse indietro la sedia.

— Holly, si tratta di un fine settimana di attività sportive, non di una sfilata di moda a Parigi — disse. — Ti servono le scarpe da ginnastica, e sono d'accordo con te; ma a parte queste, puoi benissimo portarti le cose che hai già.

— Mamma! — gridò Holly. — Sii seria! Sabato sera ci sarà la discoteca e non posso mica mettermi i vestiti che le mie amiche mi hanno già visto addosso.

"Non in presenza di Paul, non posso" pensò. "Devo apparire sexy e allo stesso tempo misteriosa, trendy e allo stesso tempo classica..."

— Okay — disse sua madre arrivando a un compromesso. — Maglietta e scarpe da ginnastica. Niente di piú.

— Sei davvero una donna senza cuore — sentenziò Holly.

Ore 8.10. Tempismo perfetto

Holly ciondolava dietro la porta di casa e continuava a controllare l'orologio: voleva essere sicura di uscire al momento giusto per incontrare Paul "per caso", quando suonarono il campanello.

Aprí la porta e se lo trovò davanti, lí sulla soglia.

— Ciao — disse Paul. — Senti, stavo pensando che stasera all'MGM danno un film – *Spinnaker* – che parla di certi tizi che restaurano una grossa barca e ci fanno il giro del mondo, e ho pensato, visto che sei appassionata di vela...

"Ah, sí?" pensò Holly. "Oh, già, è quello che gli ho detto, no?"

— ... che magari ti sarebbe piaciuto venirci. Insieme a me.

Holly era rimasta paralizzata e assaporava il brivido che dalla testa le scendeva fino alla punta dei piedi. Finalmente l'aveva capito. Si era reso conto di adorarla. E l'aveva invitata a uscire.

— Con molto piacere — disse.

— Davvero? — fece Paul. — Grandioso. Temevo che saresti andata a quel concerto al Danger Zone. Mio fratello ce l'ha con te perché non gli hai procurato un biglietto.

"Cavolo!" pensò Holly. "Me n'ero completamente dimenticata." Di colpo, il fascino degli Shiny Vinyl si era affievolito di fronte alla tentazione di passare tre ore con Paul. Ma aveva fatto una promessa alle altre.

Fece per parlare, ma richiuse subito la bocca.

Tanto, Jade non sarebbe riuscita a procurarsi i biglietti. Neanche in un milione di anni. E se avesse detto di no a Paul, per poi scoprire che Jade aveva combinato un pasticcio, non si sarebbe mai perdonata.

— No — disse. — Era una progetto senza speranza. Per che ora devo essere pronta?

Ore 8.45

Tansy stava aspettando Holly davanti al cancello della scuola.

— Aspetta di vedere Jade! — disse non appena si ritrovò l'amica a tiro d'orecchio. — Stenterai a crederci!

Holly aggrottò la fronte.

— Che intendi dire? È furiosa perché non è riuscita a prendere i biglietti?

Tansy si mise a ridere. — Oh, li ha presi, altroché! Eccome!

"Oh" pensò Holly. "E adesso che faccio?"

— Dai, è laggiú. Al parcheggio delle biciclette. — E si incamminò attraverso il campo giochi. — Ehi, Jade!

Si voltò una ragazza dai capelli corti color chiodo arrugginito

Holly rimase di sasso.

— Jade? Jade! — esclamò stupita. — I tuoi capelli... spariti.

— Che osservatrice — disse Jade. — Ti piacciono cosí?

Holly deglutí.

— Sono... be', sono... di grande effetto — disse per evitare di essere scortese. — Ma perché? Io morirei per avere dei capelli come i tuoi... come erano i tuoi.

"Dillo a me" pensò Jade.

— Mi ero stufata di quel look da secchiona imbranata — disse seccamente, desiderando che Holly avesse un tono piú entusiasta. — A proposito, eccoti il tuo biglietto.

Holly lo guardò con una certa riluttanza. Non poteva rinunciare a una serata con Paul, però le altre andavano a quel concerto solo per lei.

— Oh, grazie — disse.

— Solo grazie? — bofonchiò Jade. — Non sei colpita?

Holly fece di sí con la testa.

— Sí, bravissima — disse.

— Credo — disse Jade — che sia stato grazie ai capelli.

— Non lo metto in dubbio — disse Holly. — Neanche per un istante.

Ore 10.30. Alla ricerca di una scappatoia

"Potrei sempre dire di avere una forte emicrania all'ultimo momento" pensò Holly durante l'ora di chimica. "Non sapranno mai la verità. Non sarebbe come dare buca."

"Andranno loro tre. Chiamerò Tansy all'ultimo momento e farò la voce da malata. Non se la prenderanno."

Ore 11.15. Andare o non andare?

"Punizione o non punizione, stasera devo uscire a tutti i costi" pensò Jade. "Gli Shiny

Vinyl non posso perdermeli per nessuna ragione al mondo. Non che sarebbe una tragedia, visto che Scott non ci andrà. Ma le altre penseranno che sono una codarda. Inoltre, senza di me non potranno entrare."

"Perché non ho tenuto la bocca chiusa?"

Ore 12.45. Piani per il futuro davanti a una pizza

— Bene — annunciò Tansy spazzolando una fetta di quella che a scuola chiamavano pizza e che si stava rapidamente raffreddando. — Dobbiamo organizzarci per stasera. Ho detto a mia madre che andiamo al cinema e ha annunciato che darà un passaggio a me e a Holly. Dobbiamo solo aspettare che se ne sia andata e poi sfrecciare di sopra dove c'è il Danger Zone. Jade, tu vuoi un passaggio?

Jade sospirò. — Paula dice che non ho il permesso di uscire.

— Oh, no! — esclamò Tansy. — Devi venirci assolutamente! Solo con te riusciremo a entrare con l'inganno.

Jade giocherellò con un capello lungo cinque centimetri e pensò di nuovo a quanto si sentiva spennacchiata.

— Oh, non preoccuparti — disse fingendosi sicura di sé. — A Paula ci penso io. Ci vediamo direttamente lí. E tu, Cleo?

"Davvero non voglio farlo" pensò Cleo, ingozzandosi con una pasta. Quando era sotto stress, mangiava.

— Non ne sono sicura — esordí. — Non è esattamente il mio genere.

— Oh, non fare la rammollita! — le disse Tansy. — Rilassati, Cleo. Sarà uno spasso.

Ore 14.00. A caccia di consigli

Paula si fermò davanti al telefono e sollevò la cornetta.

Era stata troppo dura? Desiderava tanto che Jade le volesse bene, ma non poteva permetterle di conciarsi a quella maniera. Secondo David, era stata troppo dura con sua nipote, ma anche le altre madri non gliela avrebbero sicuramente fatta passare liscia. E a parte la questione dei capelli, si trattava di un giorno in mezzo alla settimana.

— Ma dai! — si disse irritata. — Fallo e basta.

Compose il numero e restò in attesa. Alla fine, una voce stanca rispose all'altro capo del telefono.

— Oh, signora Vine — disse Paula garbatamente — qui parla Paula Webb, la zia di Jade... Sí, esatto.

Fece un profondo respiro.

— Senta, Jade mi ha detto che le ragazze vogliono andare al cinema tutte insieme stasera e, be', mi stavo chiedendo se avesse veramente dato il permesso a Holly... Ah,

sí? Pensavo che con i compiti e tutto il resto...
Restò ad ascoltare Angela Vine che non la finiva piú di parlare delle ragazze che dovevano assumersi le proprie responsabilità nella vita e dei benefici dei rapporti sociali. Quindi la salutò cortesemente e riagganciò.

Chiamò anche Clarity Meadows, la quale ovviamente disse che Tansy sarebbe andata. Ma questo non sorprese Paula, che aveva sempre avuto dubbi sulle sue doti di madre. Quando Clarity propose di dare un passaggio a Jade, Paula rifiutò all'istante. Non avrebbe permesso a sua nipote di salire su una macchina altrui per nessuna ragione al mondo, e tanto meno sul disdicevole furgone di Clarity Meadows. La prudenza non è mai troppa.

"Devo darle il permesso" pensò, andando verso il lavandino per riempire il bollitore. "Spero solo che non le succeda niente. È talmente vulnerabile. Non che io me la stia cavando bene. La guardo e penso a sua madre e vorrei tanto dire le cose giuste, ma non ce la faccio. Non mi vengono le parole. Le voglio tanto di quel bene e a volte penso che lei invece mi detesti. Oh, Lizzie, perché sei morta?"

Ore 16.30. Sospensione della pena

— Jade? Sei tu?
Paula uscí dal salotto nel momento in cui Jade aprí la porta di casa.

— Senti, riguardo a stasera...
"Ci risiamo" pensò Jade. "Un'altra violenta discussione."
— ... forse ho esagerato un po' — continuò Paula in fretta. — I tuoi capelli mi fanno orrore, e credo che tu sia stata una sciocca, ma ormai è cosa fatta. Puoi uscire.
Sul volto di Jade si dipinse un enorme sorriso.
— Grazie, Paula. Grazie mille.
— Ma ti accompagno io e vengo anche a riprenderti — disse con fermezza.
— Sí, Paula — replicò Jade mansueta.
Sarebbe andata a vedere gli Shiny Vinyl. Contro tutte le avversità, la sua credibilità pubblica sarebbe rimasta intatta per un altro giorno.

Ore 15.45. Giustificazione per malattia

— Dunchester cinque-sette-sette-zero-sette-otto, parla Tansy!
— Tansy, sono io. Holly.
— Oh, ciao — disse Tansy. — Sto decidendo cosa mettermi. Secondo te, la gonna di raso viola o quella rossa...
— Sto male. Non posso venire — disse Holly con tono piagnucoloso, incrociando per bene le dita dietro la schiena e sperando di avere il tono di chi è sul punto di spirare. — Ho l'emicrania.
Tansy rimase senza fiato.

— Che sfortuna! — disse. — Ci tenevi cosí tanto.

— Lo so — sospirò Holly. — Adesso ti devo salutare. Vi penserò.

"Potete contarci" si disse subito dopo.

Ore 19.05. Disastro incombente

— Che lusso! — disse Tansy mentre saliva a bordo dell'automobile dei Greenway. — Grazie al cielo non siamo dovute andare con il vecchio furgone della mamma.

— Scusa, Tansy! Siamo un po' in ritardo — disse la madre di Cleo mentre ripartivano. — Mi ha chiamata il mio agente per parlarmi delle riprese proprio mentre eravamo con il piede fuori dalla porta.

Tansy sembrò molto colpita.

— Reciterà in un film, signora Greenway? — le domandò.

Diana rise.

— Magari — disse. — No, devo solo fare un provino per una serie di spot per quelle simpatiche mutande.

Cleo si vergognò.

— Mutande? — domandò Tansy.

— Sí, cara. Farò...

Si accigliò e prese a schiacciare a ripetizione l'acceleratore. — Che ha questa macchina? Si sta fermando.

— Mamma! — esclamò Cleo esasperata. — Hai finito la benzina.

Diana guardò la spia della benzina come se questa le avesse rivolto un insulto personale.

— Be', com'è potuto succedere? — chiese.

— Probabilmente perché ti sei dimenticata di metterla — disse Cleo.

— Oh, non ci sono parole per dire quanto sia seccante questa situazione! — esclamò Diana scendendo dalla macchina. — E ho pure lasciato il cellulare a casa.

Si fermò sul ciglio della strada e cominciò ad agitare le braccia.

— Mamma... — iniziò a dire Cleo.

— Tranquilla, non ti perderai il film. Prima ci sono sempre i trailer e la pubblicità — le rispose sua madre. — E le pubblicità durano ore.

Tansy e Cleo si scambiarono un'occhiata. Chi se ne importava del film, tra mezz'ora sarebbe iniziato il concerto degli Shiny Vinyl.

Ore 19.15. Il diavolo fa le pentole ma non i coperchi

— Vengo a riprenderti alle dieci in punto davanti alla fontana — disse Paula. — Puntuale!

Jade si precipitò all'interno del cinema e cercò le altre con gli occhi. Vide Holly in fondo all'atrio che parlava con un ragazzo che però non riconobbe. Holly non perdeva occasione per attaccare bottone!

— Ciao, Holly! Dobbiamo sbrigarci.

Holly si voltò di scatto e fissò Jade a bocca spalancata.

— E tu che ci fai qui? — disse. — Non dovresti essere al concerto?

— Non avevi detto che era un'idea fallita in partenza? — le interruppe il ragazzo. — Ciao, io sono Paul Bennett.

Per Jade cominciò a farsi giorno. Paul. Il ragazzo che piaceva a Holly.

— Oh, fantastico — disse Jade. — Quindi vieni anche tu con noi? — Sarebbe stato perfetto: lui dimostrava *minimo* sedici anni.

Paul sembrava sconcertato.

— Ma noi stiamo andando a vedere *Spinnaker*.

Holly stava diventando color cenere e intanto si mordicchiava il labbro.

— Paul, andresti a comprarmi dei popcorn? Ti raggiungo tra un secondo.

Quando si fu allontanato, Jade domandò: — Holly, che sta succedendo?

— Non potevo non venirci — disse Holly in tono di supplica. — Cioè, è un tipo da sballo, e se avessi detto di no...

— Ti avrebbe invitata un'altra volta! — ribatté bruscamente Jade. — E invece preferisci dare buca alle tue amiche, vero?

Holly le serviva. Jade poteva anche avere un nuovo taglio di capelli, ma Holly aveva la sfrontatezza che ci voleva.

— Jade, non fare cosí. Questo è amore. Cioè, quello Vero. È come per te e Scott.

"Uhh!" pensò Jade. "Non è che Scott muoia dal desiderio di starmi appiccicato a ogni ora del giorno."

— Sta' a sentire — disse Holly, mentre Paul ricompariva con i pop-corn — faresti meglio ad andare a cercare le altre. Ci vediamo!

E trascinò Paul verso l'ingresso della Sala Due.

Jade era fuori di sé. Come poteva fare una cosa del genere? E dov'erano le altre? Ispezionò l'atrio in lungo e in largo, ma di Cleo e Tansy nemmeno l'ombra.

Forse pensavano che si sarebbero incontrate direttamente di sopra al Danger Zone. Non le restava che avviarsi e sperare di trovarle già lì.

Ore 19.29. Jade deve cavarsela da sola

— Entri oppure no? — Il buttafuori alla porta si stava spazientendo. — Una volta cominciato il concerto, le porte si chiudono.

Jade si morse il labbro. Forse Cleo e Tansy erano già dentro. A Holly gliel'avrebbe fatta pagare cara.

Sventolò il biglietto davanti al muso del tizio e rimase arcisoddisfatta di non vederlo battere ciglio. Entrò. Le luci erano soffuse e il pavimento era una massa fluttuante di corpi. Il gruppo che suonava per riscaldare l'atmosfera si stava esibendo in un pezzo rock e Jade cercò disperatamente di localizzare le sue amiche.

— Salve, dolcezza! — Un tizio alto, con i capelli lunghi e tre piercing al naso, le mise una mano sulla spalla. Jade fece un salto, lo guardò in cagnesco e continuò a sgomitare fra la calca. Sembravano tutti molto piú grandi di lei, parecchi fumavano e scuotevano lattine di birra. Jade si sentiva terribilmente a disagio.

Tutti si stavano accalcando vicino al palco. Forse Tansy e Cleo avevano trovato dei posti buoni. Anche lei cercò di avvicinarsi.

Cosí facendo, sfiorò una ragazza con una minigonna nera e un top verde limone, che turbinava fra le braccia di un ragazzo dalle spalle possenti e dei capelli rossi lisci.

Non poteva essere.

E invece sí.

Oh, no!

Si voltò per darsela a gambe, ma qualcuno le finí addosso facendole perdere l'equilibrio e mandandola a sbattere contro la ragazza dai capelli color mogano.

— Ehi, ma guarda chi c'è… Jade!

Troppo tardi. L'aveva vista. Adesso erano guai. Quasi tutte le sue amiche avrebbero tenuto la bocca chiusa.

Ma non sua cugina Allegra.

Ore 19.30. Caos sulla corsia d'emergenza

Cleo credette di morire di vergogna. Sua madre non era in grado di uscire senza qualcuno che badasse a lei. Si era messa sul ciglio della strada e aveva cominciato a saltellare su e giú, agitando le braccia. Dopo alcuni istanti si era fermata una Granada azzurra e la signora Greenway era corsa dalla parte del conducente, sculettando nei suoi Levi's bianchi con un sorriso a trentadue denti.

— Che sciocca sono stata! — disse con voce stridula. — Potrebbe darmi una mano?

— Gliela do io una mano, se continua a fare cosí — bisbigliò Cleo a Tansy mentre il conducente abbassava il finestrino.

— Cleo! Guarda chi è! — Tansy ebbe una specie di crisi di riso.

Cleo sbirciò attraverso il parabrezza. Chi balzò giú dalla macchina guardando Diana Greenway con interesse del tutto inopportuno non era altri che il signor Grubb.

— Scarafaggio! — esclamò allibita Cleo. — Questo è troppo!

— Credo di aver finito la benzina — stava dicendo Diana. — Oh, signor Grubb, è lei!

Cleo chiuse gli occhi.

— Signora Greenway! — disse estatico il signor Grubb. — Ragazze!

Tansy e Cleo gli rivolsero una specie di nauseabondo sorriso.

— Ebbene — disse brioso. — Adesso ci penso io. — Pompiamo un po' di benzina dalla mia macchina.

— Che angelo! — fece Diana con un sorrisetto cretino, passandosi la mano fra i capelli come fanno le attrici.

— È un piacere aiutare una stella del palcoscenico e dello schermo — replicò il signor Grubb diventando di un interessante color pomodoro maturo. — E a quale chicca teatrale sta lavorando al momento?

— Sento che sto per vomitare — bisbigliò Cleo a Tansy.

Diana piegò la testa di lato e disse: — Be', a dire il vero, spero di apparire in televisione in una serie di spot.

— Sul serio? — disse Scarafaggio infilando il tubo nel serbatoio. — E quali delizie ci venderà?

— Mutande — ridacchiò Diana.

Cleo si sentí morire. Possibile che sua madre non conoscesse vergogna? Era già troppo dover sopportare il suo comportamento senza che si mettesse anche a raccontare quella storia al mondo intero.

— Dicono che ho il sedere giusto — aggiunse Diana.

— Tansy — disse Cleo.

— Sí?

— Dimmi che sto sognando. Dimmi che non l'ha detto veramente.

Tansy sorrise.

— Secondo me, è una meraviglia.

Cleo la guardò male.

— Una meraviglia? Tu sei matta.

Tansy scosse la testa.

— È un tale sollievo vedere che la mia non è l'unica madre da rinchiudere.

Ore 19.35. Reazione a scoppio ritardato

Allegra fissò Jade.

Jade fissò Allegra.

— Che ci fai qui? — domandò Allegra. — Pensavo che fossi al cinema.

— E io pensavo che tu fossi a teatro — ribatté Jade.

Si scambiarono un'altra occhiata.

— Se apri bocca, non ti parlerò mai piú — disse secca Allegra.

— Per quanto sia allettante la tua offerta — disse Jade — è difficile che lo faccia.

— Ah, sí?

Jade scosse la testa.

— Se lo facessi, verrebbe a sapere che c'ero anch'io.

E tutte e due si misero a ridere.

— Se lo viene a sapere, mia madre mi ammazza — disse Allegra. — Un tempo era piú rilassata, ma adesso è diventata tutta d'un pezzo.

Jade annuí. — Dillo a me! È quasi andata in tilt all'idea che venissi al cinema.

Hugo le scivolò accanto.

— Balliamo o cosa? — disse.

— Tra un minuto. Oh, questa è Jade, sai, la cugina di cui ti parlavo.

Hugo la guardò con un certo interesse.

— Oh, ciao! A me non pare proprio una secchiona — aggiunse rivolgendosi ad Allegra, che ebbe la bontà di arrossire.

— Infatti — si affrettò a dire. — Sta migliorando.

— Oh, grazie — disse Jade con sarcasmo.

Il gruppo-spalla stava lasciando il palco e tutti cominciarono a spingersi in avanti per prendere i posti migliori in attesa degli Shiny Vinyl.

— Con chi sei venuta? — le chiese Allegra. — Con Scott?

Jade scosse la testa e raccontò ad Allegra tutta la storia.

— Quindi... mi stai dicendo che la mamma viene a riprenderti? Davanti al locale? Ma anche il concerto termina alle dieci.

— E allora?

— E se mi vede? Anche la mamma di Hannah viene a prenderci davanti alla fontana. È il posto di ritrovo di tutti.

Allegra si mordicchiò un'unghia e mise su un'espressione preoccupata.

In quel preciso momento, gli Shiny Vinyl apparvero sul palco. Tutti si mossero in avanti non appena attaccarono con il primo pezzo. Jade era spiaccicata addosso ad Allegra e a un'enorme ragazza con dei grossi orecchini pendenti e un gran tanfo di sudore.

Per i venti minuti che seguirono, Jade non riuscí a parlare sopra il frastuono. Non era il suo genere di musica e con la gente che spingeva e spintonava, cominciò a farsi prendere un po' dal panico. Si voltò per dire qualcosa ad Allegra e si accorse che sua cugina era stata trascinata qualche metro piú in là.

Cominciava a desiderare di non essere mai venuta, quando un ragazzo alto che si sbracciava a tempo di musica le versò la sua birra sulla gonna.

— Oh, no! — esclamò. E adesso? Paula sentirà l'odore a un miglio di distanza. Non desiderava altro che andarsene di lí. C'era una gran puzza e faceva caldo, e come se non bastasse le stava venendo un terribile mal di testa accompagnato da una sensazione di nausea.

Guardò nel punto in cui Allegra ondeggiava al ritmo della musica con le braccia in aria, divertendosi da matti. "Se adesso le dico che me ne torno a casa, penserà che sono senza speranza" si disse. "Però, se comincia a stuzzicarmi, posso sempre minacciare di sbugiardarla."

E questo fece venire a Jade un'idea.

La band stava quasi per finire il secondo pezzo, e Jade colse l'occasione per sgomitare fra la folla fino alla cugina.

— Che schifo! — disse Allegra. — Puzzi!

— Proprio cosí — si lamentò Jade. — Paula indovinerà subito che non sono andata al cinema. E, naturalmente, se ti vede…

— Non dirlo neanche — disse Allegra con una smorfia.

— Perciò — disse Jade con il tono di chi stava per farle un enorme favore — io me ne torno a casa. Mi pulisco la gonna in bagno e poi dico a Paula che mi sono sentita male o qualcos'altro. In questo modo, non verrà a riprendermi e anche tu sarai salva.

Mentre parlava, Allegra la fissava con occhi sempre piú spalancati.

— Che idea strepitosa — disse in tono ammirato. — E il concerto? Piú tardi suoneranno il loro grande successo.

Jade alzò le spalle.

— Questi Shiny Vinyl non è che mi facciano impazzire — disse. — Ci sono venuta solo per dimostrare che decido per me e che non sono una ragazzina imbranata da comandare a bacchetta, okay?

Allegra sorrise e annuí.

— Non penso che me ne dimenticherò tanto presto — disse. — Ci vediamo dopo. E... Jade...

— Sí?

— Ti devo un favore.

Ore 21.00. I piani migliori...

— Paula — chiamò. — Sono io, Jade...

Paula uscí dal salotto con gli occhi cerchiati di rosso e un fazzoletto di carta stropicciato in mano.

— Jade? — disse con un mezzo sorriso. — Come mai sei tornata cosí presto? E la gonna...

— Mi sono sentita male — disse Jade.

— Oddio... — cominciò Paula con espressione di ansia.

— Potresti pagare il taxi? Non mi bastano i soldi.

Paula aprí la porta.

— Quant'è? — chiese a voce alta al conducente.

— Cinque sterline e cinquanta — le gridò lui in risposta.

— Mi sembra un'esagerazione — disse Paula.

— Be', cara, sa com'è, è il nuovo sistema di sensi unici. Dal Danger Zone bisogna fare tutto il giro delle case per uscire dal centro della città.

"Ti prego, Dio, fa' che non abbia sentito. Ti prego."

Ma Dio non la stava ascoltando. Paula lanciò praticamente i soldi al tassista e si voltò a guardare Jade.

— Il Danger Zone! — esplose afferrandola per un gomito e spingendola dentro casa. — Ecco dov'eri andata!

Jade decise di fare come se niente fosse.

— E se anche fosse? — ribatté. — Adesso sono a casa, no? Tu vuoi che diventi grande. Ed è quello che sto facendo.

Paula socchiuse gli occhi.

— Puoi diventare grande senza andare in postacci del genere! — disse come una furia. — Poteva succederti di tutto.

— Ma non mi è successo niente.

— Be', qualcosa deve esserti capitato per farti prendere un taxi e tornare a casa — replicò Paula. — Hai bevuto? È cosí?

— No! — gridò Jade. — Perché non fai che pensare male di me?

Paula si prese la testa fra le mani.

— Io non... è solo che... sei cambiata, Jade. Prima questa storia dei capelli, poi te ne vai in quel postaccio che nessuno dei miei figli si sognerebbe mai di frequentare...

Jade avrebbe voluto dirglielo. Tanto per dimostrarle che non era l'unica a essere stufa di essere comandata a bacchetta. Perché doveva accollarsi tutta la colpa? Ma, in fin dei conti, mettere nei guai anche Allegra non sarebbe stato giusto, e dopotutto Paula non poteva farle nulla.

— Be', è ovvio che ti serve una bella lezione — annunciò Paula. — Questo fine settimana te ne resti a casa. Chiuso l'argomento.

Jade la guardò. Non poteva dire sul serio. Doveva andare assolutamente a quella gita.

— Non è giusto! — esordí. — Ci vanno tutti.

— Tutti — disse Paula — tranne te. E la colpa è solo tua. Per di piú, domani mattina vado subito a parlare con il preside. E adesso, fila a letto!

Se ne tornò in salotto e sbatté la porta.

— Ti odio! — gridò Jade. — Ti odio, ti odio, ti odio!

Si voltò e corse su per le scale con gli occhi pieni di lacrime. Quando spalancò la porta della camera, rimase paralizzata.

In piedi vicino al suo letto, con una vestaglia rosa con i disegni di Winnie-the-Pooh, c'era Nell. Aveva in mano il suo salvadanaio. Aperto.

— Non dirlo, ti prego; non dirlo! — sussurrò la ragazzina dopo che Jade le ebbe tolto di mano il salvadanaio e ritrovato tre monete da una sterlina nella tasca della vestaglia. — È solo un prestito.

Jade le si sedette accanto e le mise un braccio intorno alle spalle.

— Ma perché l'hai fatto? — le domandò. — Hai i tuoi risparmi. Ti ricordi tutti i soldi che ti hanno regalato i nonni per il tuo compleanno?

Nell tirò su con il naso.

— Non ci sono piú — disse.

Jade aggrottò la fronte.

— Non può essere — replicò. — Cosa ci hai comprato?

— Niente — rispose Nell.

Jade era stanca, stufa e furiosa con Paula. Non voleva essere brusca, ma fu inevitabile.

— Oh, santo cielo, Nell — disse. — O li hai spesi, o ce li hai ancora. In entrambi i casi, non andare in giro a prendere ciò che non ti appartiene. Adesso, restituiscimeli e fila a letto!

Nell si infilò il pollice in bocca e uscí dalla stanza.

— E non farlo mai piú! — disse Jade. — Perché la prossima volta lo dico a tua madre.

— È stato bello da parte tua — disse Allegra un'ora piú tardi, svegliando Jade dopo aver fatto irruzione in camera e acceso tutte le luci.

Jade fece uno sbadiglio e disse: — Spero che ne sia valsa la pena.

— Certamente. La band era megafantastica e Hugo mi ha baciata. Due volte. La mia vita non potrebbe andare meglio di cosí.

Jade sospirò. — La mia, invece, non potrebbe andare peggio.

— Oh, Jade, mica ricomincerai a parlare della morte, per favore.

Jade scosse la testa. — No. Si tratta di Paula. Il tassista se lo è fatto uscire di bocca che venivamo dal Danger Zone. E adesso non mi farà andare nel Sussex.

— Oh, no! — esclamò Allegra. — Non può farti una cosa del genere! Non è giusto.

"Ad Allegra importa di *me*?" pensò Jade sorpresa.

— Questo fine settimana devi partire *assolutamente*. Ho chiesto a Hannah di venire a dormire qui. Ci serve il tuo letto.

— Oh, grandioso — disse Jade tornando alla realtà. — Grazie mille!

GIOVEDÍ

Ore 8.55. In classe. Sete di sangue

— Be', che vi è successo ieri sera? — Jade si avvicinò a Tansy e Cleo non appena misero piede in classe.

Cleo aveva un'espressione colpevole.

— Mia madre era senza benzina — disse.

— Ah, sí? — ribatté Jade, che poteva evitare di mettersi a piangere solo facendo la scorbutica. — Questa scusa è debole quanto quella dell'emicrania di Holly.

— Che vorresti dire? — domandò Tansy accigliandosi.

— Holly era al Multisala ieri sera. Con Paul.

— No! Davvero? Quindi sei andata al Danger Zone da sola?

Jade fece segno di sí con la testa. — Grazie a voi due.

— Davvero, Jade. Siamo rimaste senza benzina — disse Tansy. — Chiedilo a Scarafaggio, che è andato in soccorso della signora Greenway. Credo che gli piaccia.

— Chi piace a chi? — Holly apparve accanto a Tansy.

Jade si voltò a guardarla.

— Come va l'emicrania, Holly? — le domandò.

Holly arrossí.

— Okay, okay, ho mentito — disse. — Ma ne è valsa la pena. Paul è favoloso. E al Centro Ricreativo sarà tutto mio per tre giorni interi. Non vedo l'ora di partire, voi no?

— Io non ci vengo — disse Jade con una punta di stizza nella voce.

Le altre tre la fissarono.

— Che vuoi dire? — chiese Cleo.

— Sono in punizione. E per colpa vostra. Spero che siate soddisfatte.

Ore 10.45. Sensi di colpa

— Be', mica è colpa nostra se la mamma di Cleo ha finito la benzina — ribadí Tansy.

— Ma tu non avresti dovuto scaricare Jade solo perché ti è arrivata un'offerta migliore. Se ci fossi stata anche tu, lei non sarebbe dovuta tornare a casa prima e adesso non sarebbe in punizione.

Holly sembrava mortificata.

— Lo so, mi dispiace — disse. — Credete veramente che la signora Webb non le permetterà di venire nel Sussex?

Tansy fece spallucce. — Cosí pare. Cleo l'ha vista entrare nell'ufficio del preside mentre andava a prendere della carta millimetrata.

Holly fece un respiro profondo.

— Forse dovremmo fare qualcosa.

— NOI? — chiesero Tansy e Cleo in coro.

— Okay, okay, volevo dire io — disse Holly.

Ore 10.50. Corpo a corpo

— Signora Webb, che piacere vederla. Prego, si accomodi — disse il signor Boardman, indicando una decrepita poltrona di pelle. — Cosa posso fare per lei?

Paula fece un bel respiro.

— Si tratta di Jade — disse. — Temo di non poterla mandare alla gita.

Il preside intrecciò le mani, chinò la testa di lato con fare interrogativo e non disse nulla.

— Ultimamente è stata molto ribelle — continuò Paula armeggiando imbarazzata con gli orecchini. — Contro la mia volontà è andata a farsi un orrendo taglio di capelli...

— Ah, sí. I capelli — mormorò il signor Boardman. — Li ho notati. Inquietanti, vero?

Paula annuí.

— Spaventosi — disse. — E poi, ieri sera mi ha detto che sarebbe andata al cinema e invece è finita al Danger Zone, pur sapendo che io non avrei mai approvato.

— Caspita — disse il signor Boardman con tono indifferente, come se Paula gli avesse riferito che Jade era andata a comprarsi una bibita al supermercato.

— Quindi le ho detto chiaro e tondo che cosí non poteva andare e che la gita poteva anche scordarsela — concluse Paula.

— Capisco — mormorò il signor Boardman.

— Sono lieta che lei sia d'accordo con me — disse Paula riprendendo in mano la borsetta.

— Oh, si sbaglia — replicò il preside.

Paula lo guardò sbigottita.

— Come?

— Ciò che mi ha appena detto significa solo una cosa.

— E cioè? — domandò Paula.

— Che Jade deve assolutamente partecipare alla gita.

Ore 10.55. Prosa perfetta

— Funzionerà? — Holly cacciò un pezzo di carta sotto il naso di Tansy.

Cara signora Webb,
so che Jade è nei guai per essere andata al Danger Zone, ma lei è venuta a saperlo solo perché io le ho dato buca, cosí si è stancata e ha deciso di tornare a casa prima. La prego di lasciarla venire alla gita di questo fine settimana. Lei è una delle mie migliori amiche e, oltretutto, ultimamente ha passato un periodaccio e ha bisogno di distrarsi.

A proposito, di questo biglietto Jade non sa nulla, quindi non pensi che sia stata lei a chiedermi di scriverlo.

Cordialmente e in speranzosa attesa,
Holly Vine.

— Mi pare che "in speranzosa attesa" suoni proprio bene — osservò.

— Mi sembra buona — ammise Tansy. — Come gliela farai avere?

— Sicuramente starà ancora dal signor Boardman — disse Holly. — La lascio in portineria e gliela danno loro quando esce.

— Fantastico! — esclamò Tansy.

Ore 10.57. Clamorosi sviluppi

— Capirà bene, signora Webb, che questo è proprio il genere di esperienza di cui ha bisogno Jade. Deve tirare fuori il proprio dolore e le proprie frustrazioni, e ovviamente le risulta difficile farlo a casa.

Paula lo guardò con occhi furenti.

— Sta insinuando che a casa mia non c'è l'ambiente giusto, che non si sente amata, che non...

Il signor Boardman alzò una mano.

— Signora Webb, non sto dicendo nulla di tutto questo. Immagino che anche lei starà soffrendo. Perdere una sorella è una cosa terribile.

Inorridita, Paula si accorse che le si stavano riempiendo gli occhi di lacrime. Afferrò un fazzoletto dalla borsa.

— Le persone reagiscono alla morte in modi diversi — disse il signor Boardman in tono pacato, facendo finta di non avere notato il dolore di Paula. — Ci sono persone che si infuriano, altre che si sforzano di fingere che non sia successo nulla e che si tengono tutto dentro. Ma prima o poi, per tutti, la cosa torna a galla.

Fece una pausa.

— Vuole un bicchiere d'acqua?

— Sto bene — si affrettò a dire Paula. — Non è facile prendere un'altra ragazzina in famiglia; ma io le voglio bene e per lei voglio il meglio.

Il signor Boardman sorrise.

— Allora, si fidi di me. La mandi a Downsview insieme a noi. Rimarrà sorpresa nel vedere quanto le farà bene.

Ore 11.05. Il ghiaccio si scioglie

Paula attraversò il parcheggio e aprí lo sportello della sua Metro. Si accasciò sul sedile del conducente, si appoggiò allo schienale, chiuse gli occhi e fece un respiro profondo.

Ma che figura da stupida! Non avrebbe pianto mai piú.

Si era buttata tutto alle spalle. O no?

Aprí la lettera che le avevano consegnato quando era uscita. Mentre ne ispezionava il contenuto, gli occhi le si riempirono di nuovo di lacrime.

Jade aveva un'amica che prendeva le sue difese. Un'amica disposta a confessare pur di salvarla. Anche se il preside non l'avesse convinta a cambiare idea, ci sarebbe riuscita questa lettera.

Mise in moto, e a marcia indietro uscí dal parcheggio.

— Oh, Lizzie — disse mordendosi il labbro. — Quanto mi manchi!

E questa volta, le lacrime cominciarono a sgorgare come una fontana.

Ore 16.00. Voglia di fuggire

— Pensi che bisognerà partecipare a *tutte* le attività? — domandò preoccupata Cleo a Trig, mentre tornavano a casa insieme.

— Ne dubito — rispose Trig. — Credo che se ce n'è una in cui sei particolarmente bravo, ti lasciano fare quella e basta.

— Io non sarò brava in niente — si lamentò Cleo. — Sarò un'imbranata totale e tutti mi prenderanno in giro.

Trig la guardò.

— Io, no — disse. — La cosa spaventa anche me.

Cleo desiderava abbracciarlo. Molti ragazzi avrebbero finto di essere dei supermaschi, Trig invece era cosí aperto.

— Vuoi entrare? — gli propose Cleo una volta arrivati davanti a casa sua.

— Okay — disse Trig. — Ma solo per poco. Devo fare i bagagli.

Cleo infilò la chiave e aprí la porta.

— Accomodati e beviamo qualcosa — disse. — Dopo potremmo...

— TA-TA! — La porta del salotto si spalancò e Diana Greenway balzò fuori con le braccia aperte come se fosse una ballerina.

— Che ne pensi, tesoro? — chiese, mettendosi a sculettare. — Potrebbero scegliere un'altra? Suppongo che... Oh! Ciao, Trig.

Cleo rimase come un baccalà. Dietro di lei, Trig deglutí e distolse lo sguardo che andò a posarsi su un acquerello appeso sulla parete.

La signora Greenway aveva indosso un paio di mutandine color lilla con tante piccole rane. Portava anche un reggiseno abbinato, ma niente altro.

Siccome sua madre era un'attrice, pensò Cleo, e perciò una donna senza un briciolo di vergogna, si riprese immediatamente dallo shock.

— Fittinix – La vostra amica sostienitutto — trillò afferrando un impermeabile dall'attaccapanni e mettendoselo sulle spalle. — Che spasso!

Detto ciò, corse su per le scale ancora sghignazzando.

— Sai — disse Cleo — in fin dei conti, non vedo l'ora che arrivi questo fine settimana.

— Sul serio? — le chiese Trig con tono sorpreso.

— Sí — rispose Cleo. — Qualsiasi cosa è meglio che vivere con una madre squilibrata.

Ore 16.15. 53 Lime Avenue. Scena muta

"Ecco Jade" pensò Paula sentendo sbattere la porta. "Questa volta non devo sbagliare. Per favore, fa' che questa volta dica le parole giuste."

— Ciao, tesoro — disse in tono vivace. — Senti, sono stata dal signor Boardman — esordí.

— Oh, fantastico — mormorò Jade. — Immagino che vi sarete seduti a chiacchierare di ciò che non va in me.

— No, tesoro, anzi lui... io... noi abbiamo deciso che devi partecipare alla gita — disse.

Il volto di Jade si illuminò.

— Sul serio? Oh, grazie, Paula!

— Aspetta, non ho ancora finito.

"Adesso devo parlarle di Lizzie. Devo dirle che anch'io sto male. Ma non ce la faccio. Scoppierò a piangere, e questo non le sarà di grande aiuto, no?"

— Sí? — la sollecitò Jade.

— Niente.

Ore 17.00. Scena ancora piú muta

Jade stava terminando di prepararsi la borsa, chiedendosi se il vestitino lilla con le spalline sarebbe stato eccessivo per la discoteca, quando sentí Nell che parlava da sola nella stanza accanto.

Aggrottò la fronte e uscí di soppiatto sul pianerottolo per sbirciare in camera sua.

Nell era seduta sul letto con una bambola in grembo. E la strapazzava selvaggiamente.

— Stupida ragazzina! Poppante! Piagnona!

— Nell! — esclamò Jade. — Che *stai* facendo?

Nell alzò gli occhi, serrò le labbra e non disse nulla.

Di colpo Jade capí tutto. Ne era assolutamente certa. Guardò il viso della bambina e nei suoi occhi scorse il terrore.

— Nell, qualcuno è stato cattivo con te? È cosí? — le chiese. — E ti hanno detto di non dire niente.

Nell sgranò gli occhi e Jade vi lesse il tormento che la torturava.

— Be', è tutto a posto — disse — perché a me non l'hai detto tu, vero? L'ho indovinato da sola. Perciò quando te la senti di raccontarmi di piú, fallo.

Gli occhi di Nell si riempirono di lacrime. Fece un profondo respiro.

"Adesso me lo dirà" pensò Jade.

— Allora? — la incitò. — Chi è? Chi è stato cattivo con te?

— Nessuno — rispose Nell.

VENERDÍ

Ore 11.00. Si parte, si parte, si parte

— Che aspettiamo? Allora?

Il pullman era incolonnato nel traffico di Brighton e fra i maschi c'era chi aveva cominciato a cantilenare spazientito.

Jade aveva il naso schiacciato contro il finestrino. Piú si avvicinavano a Brighton, piú i ricordi riaffioravano alla sua mente. I mulini a vento Jack e Jill[1], dove andavano a fare i picnic quando era bambina; il maneggio di Brendon, dove era caduta dal pony che si chiamava Toffy, spezzandosi un incisivo.

— Ecco dove abitavo! Guardate, da questa parte!

Il pullman stava riacquistando velocità mentre passavano sotto Kemp Hill. Jade allungò il collo per scorgere uno squarcio della sua vecchia casa, ma un camion che stava sorpassando le tolse la visuale.

[1] Nomi con cui si indicano due famosi mulini a vento del Sussex.

— E mia nonna abita lí dietro, proprio dietro l'angolo — disse, nonostante nessuno le facesse caso.

Solo Andy era interessato a quanto accadeva fuori dal finestrino. Lui non disse una sola parola, ma Tansy, che lo stava osservando attentamente, sapeva bene cosa gli passava per la testa.

Quanto avrebbe voluto far materializzare sua madre come per magia, per poter finalmente vedere quella tristezza sparire dai suoi occhi.

Ore 11.30. Arrivo a Downsview

— È gigantesco! — esclamò Holly, mentre il pullman varcava il cancello in ferro battuto e si immetteva sul vialetto di ghiaia del Downsview Centre.

Di fronte a loro si stagliava un'ampia casa di pietra grigia con una torretta su ogni lato e dozzine di finestre con colonnine divisorie che scintillavano al sole. Davanti alla casa si estendeva un vasto prato disseminato di archetti per il croquet. Da un lato c'erano i campi da tennis, dall'altro, in fondo, i bersagli per il tiro con l'arco.

— Guarda che lago! — disse Scott. — È enorme!

— È il Pitsley Reservoir — disse la signorina Partridge — dove alcuni di voi avranno la possibilità di sperimentare la canoa e il canotto.

Cleo si sentí annodare le budella.

— E proprio lí dietro ci sono le Weir Rocks — intervenne il signor Grubb in tono entusiasta. — È lí che andrete a fare le arrampicate e la calata a corda doppia.

I nodi nel suo stomaco si moltiplicarono.

— Bene, ragazzi — disse la signorina Partridge battendo le mani — eccoci arrivati a Downsview. Il Bishop Agnew College ha le sue stanze nell'edificio principale, mentre noi staremo nello Stable Block. Un pranzo veloce e subito pronti per la prima gara. Canotto per il Gruppo A...

Lo stomaco di Cleo era in subbuglio. Desiderava non essere mai venuta.

Ore 14.00. Sto navigando, sto...

— C'è un sacco di vento, no? — chiese Cleo nervosa, mentre erano ferme sulla sponda del lago dopo la prima ora di allenamento base a terra.

— È perfetto per la vela — disse Holly, ispezionando il gruppo di ragazzi della Bishop Agnew che erano già in acqua nei loro canotti. — Ecco Paul... Guardate!

— Bene — disse l'istruttore Graham. — È su questi piccoli Topper che si impara. — Indicò qualcosa che assomigliava molto a un portasaponetta.

— Come... da sole? — domandò Cleo con un filo di voce.

Graham sorrise.

— John e Tim qui presenti saranno a bordo di scialuppe di salvataggio al vostro fianco. Non potrà succedervi nulla. E ora, chi comincia?

— Io! — gridò Holly. Già si vedeva, sballottata tra le onde, avvicinarsi a Paul, i cui occhi si sarebbero illuminati di amore e passione.

Salí a bordo del minuscolo canotto e uno degli istruttori montò su una barca di salvataggio a motore.

— Bene, altri tre volontari, per favore: Cleo, Trig, Ursula!

Cleo aveva la nausea.

— Ho paura — disse a Holly mentre saliva goffamente a bordo.

— Smettila — disse Holly. — Ti starò vicina.

"E questo dovrebbe farmi sentire meglio?" pensò Cleo.

Uno degli istruttori la spinse via dalla riva sassosa. Il vento catturò la piccola vela e la barchetta acquistò velocità.

Holly cercava di non perdere di vista la barca di Paul, ma aveva il sole negli occhi e non riusciva a vedere che direzione avesse preso. Era tutto molto instabile. Si sforzò di ricordare cosa le avesse detto l'istruttore poco prima. Forse doveva piegarsi dall'altra parte.

Ecco... forse no.

Si guardò freneticamente intorno per vedere dove fossero finiti tutti gli altri. Non che fosse spaventata o altro, ma voleva rassicurare Cleo che stava andando tutto bene. Cleo filava via in linea retta, concentrata al massimo, e c'era un altro canotto, piú grosso del suo, che stava venendo verso di lei. Molto veloce. Come fare a togliersi di mezzo?

Quale fune doveva tirare? Questa?

Diede uno strattone alla vela maestra e la barchetta si inclinò.

L'altra barca si avvicinava sempre di piú. Era Paul. Ovviamente l'aveva vista. Il cuore le batteva all'impazzata. Era piegato di schiena oltre il bordo della barca, come nelle fotografie che si vedono nelle riviste, snello e atletico.

Lei assunse la stessa posa, sperando di apparire sportiva e piuttosto sensuale.

Con la coda dell'occhio vide l'istruttore che dall'altra barca le faceva dei cenni.

Lei ricambiò con un cenno di saluto.

La barca si inclinò. Holly cercò di tirarsi su a sedere. E scivolò.

L'acqua era gelida. Mentre si dimenava per tornare a galla, sputando filacci di alghe verdi dalla bocca, vide due facce che la fissavano.

Una era quella dell'istruttore, apparentemente preoccupato, l'altra quella di Paul, che invece rideva come un pazzo.

Ore 15.00

Jade e il pony si scrutarono a vicenda. Era difficile stabilire chi dei due fosse il piú sospettoso.

Scott, disinvolto e annoiato, era già in groppa a un pony castano dagli occhi lattiginosi, mentre numerosi altri ragazzi della Bishop

Agnew stavano attraversando al passo il campo. Non poteva rimandare oltre.

L'istruttore l'aiutò a montare in sella. Sembrava altissimo.

— Per un po' le redini le tengo io — disse l'istruttore. — Finché non ci prenderai la mano.

La campagna era molto bella. Poco alla volta, Jade cominciò a rilassarsi e ad ammirare il paesaggio intorno a lei. In lontananza vedeva il mare che riluceva sotto il sole del tardo pomeriggio e sentiva il debole grido dei gabbiani affamati che si lasciavano trasportare dalle correnti d'aria.

Fu attraversando il sentiero di campagna davanti al Centre che Jade notò il segnale: PISTA CICLABILE. BRIGHTON 6 CHILOMETRI.

Sei chilometri! Praticamente a un tiro di schioppo. Avrebbe tanto voluto avere la bicicletta con sé. Da quando si era trasferita a Dunchester, non andava piú tanto spesso in bici, perché Paula aveva paura del traffico e degli incidenti, ma lei era in forma e non ci avrebbe messo niente ad arrivare in città.

Sospirò. Voleva assolutamente rivedere la sua vecchia casa. Se chiudeva gli occhi, scorgeva l'immagine di sua madre in piedi nel piccolo giardino davanti casa, intenta a occuparsi delle malvarose e delle speronelle, e risentiva suo padre che la prendeva in giro dicendo che, visto il tempo che ci dedicava, si sarebbe detto che il loro giardino fosse l'orto botanico di Kew Gardens a Londra. La mamma di Jade diceva sempre che, se non poteva avere un cottage in campagna, il minimo che potesse fare era avere il giardino di un cottage. Il giorno in cui rimase uccisa aveva piantato una nuova rosa che il marito le aveva regalato per il loro anniversario, cosa che Jade trovava molto romantica per una persona di quell'età.

— Bene — disse l'istruttore interrompendo i suoi pensieri. — Adesso proviamo il trotto.

Dopodiché, non ci fu piú il tempo per pensare alle rose né ad altro.

Ore 15.30. Missione compiuta

— Non riesco a credere di essere sopravvissuta — disse Cleo a Trig, mentre tiravano le barche a riva.

— Però è stato fantastico — commentò Trig.

— È stato terrificante — protestò Cleo. — Ma, se non altro, sono tutta intera, a differenza della povera Holly. Sembra un po' malridotta.

— Chi è il ragazzo insieme a lei?

— Credo sia Paul. Le piace da morire. Scommetto che adesso sta morendo di vergogna.

Ore 15.32. L'ora della verità

— Credevo che sapessi andare in barca — disse Paul.

— Ebbene, ho mentito — mormorò Holly, mortificata per essersi resa ridicola davanti all'unico ragazzo sul quale voleva fare colpo.

— Stai bene?

Holly fece segno di sí, quindi disse: — Non capisco cosa sia andato storto. Tu ti sei sporto dalla tua barca e non è successo niente.

Paul scoppiò a ridere.

— Di vela non ne sai proprio niente, vero? — domandò. — La mia era una Laser e io avevo un'imbracatura. A bordo di un Topper non si fa.

— Credo che non metterò piú piede in una barca — disse Holly in tono mesto.

Ore 18.00. Agonia serale

— Penso che non riuscirò piú a sedere comodamente — disse Jade a Tansy, mentre erano in fila per la cena.

— A chi lo dici! — sorrise Tansy. — Ho scalato una roccia con Andy e ho il collo a pezzi.

— Il collo? — intervenne Cleo, che si stava chiedendo se ci fosse rimasta qualche attività priva di rischi per l'indomani. — Mica si usa il collo per tenere una fune.

Tansy sorrise.

— Continuavo ad alzare lo sguardo sulle gambe di Andy — disse. — Ha due cosce da sballo, sapete.

Holly sospirò.

— Paul ha tutto da sballo — disse — ma probabilmente non mi rivolgerà piú la parola. Che destino crudele!

Jade e Cleo si scambiarono un sorriso sardonico. L'immersione di Holly nel Pitsley Reservoir non aveva minimamente attenuato il suo spiccato senso tragico.

Ore 18.05. Problemi di comunicazione

Jade mise le monete nel telefono pubblico e compose il numero di sua nonna.

Il telefono continuava a squillare. Nessuna risposta. Forse il volo della nonna era in ritardo. O forse l'aereo si era schiantato e lei era... No, che sciocchezza! Sua nonna stava bene. Jade sperava solo di avere ancora la possibilità di chiamarla.

Ore 23.00. Conversazioni agghiaccianti

Le quattro ragazze erano sdraiate nei sacchi a pelo nella stanza buia.

— Secondo voi — domandò Holly mezzo assonnata — in questo posto ci sono i fantasmi?

— Potrebbe essere — rispose Tansy. — È una casa molto vecchia.

— Ma queste erano le scuderie — disse Cleo, che non amava parlare di spiriti. — Perciò, qui non ci sono.

— Forse sí — insistette Holly. — Forse uno degli stallieri aveva una relazione segreta con la padrona di casa, cosí è stato messo al bando per sempre e adesso vaga alla ricerca del suo amore proibito.

— Oppure — continuò Tansy prendendo la palla la balzo — il signore del maniero è talmente fuori di sé per il fatto che abbiano trasformato la sua casa in un centro ricreativo per ragazzi, che ogni notte fa avanti e indietro con l'intenzione di creare scompiglio.

Cleo strisciò sempre piú giú nel suo sacco a pelo.

— Credete veramente che i morti facciano ritorno? — sussurrò con un filo di voce.

— Magari — disse Jade.

Dopodiché, nessuno parlò piú di fantasmi.

Ore 1.30. Incubi

Un urlo lacerante svegliò di soprassalto Tansy e Jade. Era Cleo.

— Cleo, Cleo, svegliati. Stai sognando! — Tansy la scosse per un braccio.

Cleo aprí gli occhi.

— Oh, scusate, scusate, io... — Aveva il viso inondato di lacrime.

— Hai avuto un incubo? — le domandò ansiosa Tansy.

— Accendo la luce — disse Jade strisciando fuori dal sacco a pelo.

Holly russava, ignara di tutto.

Cleo scosse la testa e si asciugò gli occhi con l'angolo della giacca del pigiama.

— No, lascia stare. Sto bene — la rassicurò. — Che stupida. Scusate.

Tansy annuí.

— Pare che facciano bene.

"Di questo genere di bene posso benissimo farne a meno" pensò Cleo, mentre cercava di cancellare dalla mente quelle immagini terrificanti. Stava per riaddormentarsi, quando si rese conto che la sua peggiore paura si era attuata. Aveva avuto un incubo davanti alle sue amiche. E nessuna di loro era parsa minimamente turbata.

SABATO

Ore 10.30. Terrorizzata

Cleo era a metà di una roccia e non osava guardare giú per vedere a che punto fosse arrivata, né guardare su per vedere quanto ancora le mancasse. Le facevano male le braccia e le girava la testa. Sopra di lei c'era Trig che se la rideva. Sotto di lei c'era Tansy che diceva a tutti che era un'esperienza fantastica. "Perché sono l'unica che vorrebbe non essere qui?" pensò tenendosi forte per non cadere.

Ore 11.45. Rassegnata

— Oh, una vera campionessa olimpionica! — sghignazzò Tansy, mentre Cleo prendeva una freccia e mirava al bersaglio.

"Sarò una frana anche in questo" pensò Cleo.

— Tira tu per prima — disse a Tansy.

Tansy scoccò una freccia, che virò di lato e sparí dietro un cespuglio di alloro.

"Oh, be'!" pensò Cleo "non sarò la sola frana, questa volta."

Ore 13.00. Piena di sé

All'ora di pranzo, Cleo era tutta euforica. Aveva trovato un'attività in cui riusciva bene.

Okay, il tiro con l'arco non era uno sport estremo, e probabilmente neanche molto sexy. Ma ci sapeva fare! La signorina Partridge era rimasta molto colpita nel vedere tutte le frecce di Cleo andare a segno. Tansy invece aveva trascorso tutta l'ora in mezzo ai cespugli per ritrovare le sue, anche se probabilmente questo dipendeva dal fatto che Andy stava facendo lo stesso. Cleo era stata la piú brava di tutti. Sentiva di poter sfidare il mondo.

Ore 13.25. Via di fuga

A metà del pranzo, il signor Grubb tamburellò sul tavolo per chiedere il silenzio.

— Oggi pomeriggio — annunciò — avrete quattro ore a vostra disposizione. Ma non per oziare. Potrete fare canottaggio, giocare a croquet, prendere una mountain bike e seguire le piste ciclabili...

Jade si bloccò con una forchettata di millefoglie sospesa a mezz'aria.

Biciclette. Quattro ore erano un tempo piú che sufficiente.

— Nessuno ha il permesso di uscire dal comprensorio e vi voglio tutti di nuovo qui alle sei in punto.

Sí, ma non sarebbe mai venuto a sapere che lei aveva lasciato il comprensorio, o no? No, se fosse stata molto attenta. Poteva provarci? Se l'avessero scoperta, sarebbe finita in grossi guai. Ma prima sarebbe riuscita a parlare con sua nonna e a convincerla a farla tornare a Brighton da lei. E per questo valeva la pena di rischiare tutti i guai del mondo.

Era decisa. Non avrebbe detto niente a nessuno, neanche a Scott. Era una cosa che doveva fare da sola.

Ore 14.00. Colta in flagrante

Era stato sorprendentemente facile sgattaiolare fuori dal comprensorio. Jade aveva fatto un paio di giri intorno alla pista del giardino e poi si era defilata dietro un paio di grossi cespugli di rododendri, finché gli altri ciclisti non avevano preso una delle tre piste. A quel punto aveva spinto la bicicletta attraverso un varco nella siepe e si era ritrovata sulla strada.

Cacciò il giubbotto di jeans nella sacca della bici e si fermò per regolare la chiusura del casco.

— Dove stai andando?

La voce alle sue spalle la fece saltare in

aria per lo spavento. Si voltò con il cuore che le andava a mille. Era Andy.

— Oh, sei tu! — esclamò sollevata. — Io... ehm... sto solo cercando la pista ciclabile.

Andy sorrise.

— E io sto cercando un branco di elefanti — disse. — Dov'è che stai veramente andando?

Jade sospirò.

— Non ne farai parola con nessuno? Giuramelo.

— Sulla testa di mia madre — disse Andy.

— Non dirlo mai! — gridò Jade, facendogli fare un balzò all'indietro per la sorpresa. — Non ti rendi conto di quello che dici.

Andy abbassò lo sguardo.

— In realtà lo so benissimo — disse sottovoce. — Scusa se sono stato indelicato. Non pensavo piú ai tuoi genitori. Ma mia madre è scomparsa e non la vedo da un anno.

Jade rimase senza fiato.

— Non lo sapevo. Mi dispiace — disse, quindi lo informò dei suoi piani.

— Io stavo cercando la fermata del bus — disse Andy estraendo una cartolina dalla tasca dei jeans. — Mia madre mi ha spedito questa... da Brighton, cosí, quando invece di andare nel Dorset siamo venuti qui, mi è sembrato un segno premonitore e ho pensato, forse...

La sua voce si affievolí.

— Avanti, dimmelo pure che sono uno stupido.

Jade scosse la testa.

— No che non lo sei, ma non credo che su

una stradina di campagna come questa passino molti bus.

Quindi prese una rapida decisione.

— Procurati una bicicletta e vieni con me. Ti aspetto dietro l'angolo.

Ore 14.45

Arrivare a Brighton era stato facile. Era quasi tutta strada in discesa o in pianura, e una volta arrivati nel centro della città trovarono le piste ciclabili in asfalto, cosí non dovettero preoccuparsi del traffico.

— Vado a fare una passeggiata sul lungomare — annunciò Andy.

Jade annuí.

— Rivediamoci qui alle quattro e mezzo. Cosí avremo tutto il tempo di tornare indietro.

Andy annuí e rimontò in bicicletta.

— Spero che troverai tua madre — gli augurò Jade.

— Non mi aspetto niente, ma devo provarci — disse Andy. — Sai com'è, no?

Jade sorrise.

— Sí — rispose lei — lo so perfettamente.

Ore 14.55. Di questo son fatti i ricordi

Jade girò l'angolo e si trovò a Kemp Hill. Smontò dalla bicicletta guardando ansiosa il numero otto. E rimase paralizzata in mezzo alla strada.

— No! — gridò. — No!

Il lindo giardinetto di sua madre era scomparso, come pure il cancelletto bianco e la recinzione di fil di ferro. Un pavimento color crema e un unico vaso di fiori sostituivano i fiori e il prato di un tempo. Appoggiata al muro c'era una bicicletta arrugginita, mentre abbandonata a terra insieme a tre bottiglie di latte vuote c'era una bambola con un braccio solo. L'unica pianta superstite, malridotta e vicino al cancelletto, era la rosa regalata da suo padre a sua madre.

Andò a dare un'occhiata da vicino e le mancò il fiato. Appeso a una gemma, scolorito e strappato, c'era il biglietto che aveva scritto suo padre.

Lo sfiorò con un dito.

"Lizzie, sei nel mio cuore. Con tutto il mio amore, tesoro. Robert."

Jade ebbe un tuffo al cuore. Le faceva male il petto. Non riusciva neanche a piangere.

— Oh, papà — sussurrò. — Oh, mamma.

Strisciò fino alla finestra e sbirciò dentro la casa. La moquette e le tende erano rimaste le stesse, ma adesso c'era una carta da parati a righe con un elegante bordino, mentre i malfermi scaffali che suo padre aveva montato due Natali prima erano stati tolti e rimpiazzati da una solida libreria in legno di pino.

Stava giusto meditando se sbirciare anche attraverso la buca delle lettere, quando sentí delle voci dietro di lei.

— Faith, chi è quella?

— Ehi, tu, cosa pensi di fare?

Jade si sentí una mano sulla spalla e si voltò di scatto.

Una ragazza di circa quindici anni, alta e con i capelli ramati raccolti in una coda di cavallo la guardava arcigna.

— Scusa — disse Jade — stavo solo... guardando.

— Oh, quindi hai l'abitudine di sbirciare nelle case altrui, vero? — ribatté la ragazza.

Jade conosceva quella voce. Si voltò.

— Tanya!

La ragazza la fissò.

— Io ti conosc... Jade! Non ti avevo riconosciuta! I tuoi capelli!

Jade alzò le spalle e disse: — Lo so, lo so, non è stata una grande idea. Oh, come sono felice di rivederti! Come stai?

— Bene — rispose Tanya. — Faith, questa è Jade. Ti ho raccontato di lei. Viveva a casa tua.

A Jade mancò il fiato.

— Tu abiti qui? — chiese. — Quindi è stata la tua famiglia a distruggere il giardino.

La ragazza annuí, rivolgendole un debole sorriso.

— Lo so, è un peccato, vero? — disse.

— Un peccato? — gridò Jade. — Mia madre si è spezzata la schiena in questo giardino. Lo adorava. Questo cemento... è un orrore!

Tanya le mise una mano sul braccio.

— Okay, Jade, basta cosí! — disse. — Ormai non è piú casa tua e loro possono farci quello che vogliono. E hanno anche una buona ragione per farlo.

Jade le rivolse uno sguardo di fuoco.

— Oh, e quale sarebbe?

— La mia sorellina — rispose Faith. — È affetta da distrofia muscolare ed è su una sedia a rotelle. La sedia non passa attraverso il cancello e non c'era un posto dove lei potesse sedersi a guardare la gente. Ecco qual è la ragione.

Jade si sentí morire. Lei che non sopportava che gli altri parlassero della sua famiglia senza riflettere, adesso aveva commesso lo stesso errore.

— Mi dispiace — disse. — Non lo sapevo. Ero solo arrabbiata perché mia madre... be', comunque sia, sono stata una sciocca.

Faith le sorrise.

— Non c'è problema — disse. — Immagino che sia terribile per te tornare qui e vedere tutti questi cambiamenti. Vuoi entrare a dare un'occhiata in giro?

Per un istante Jade ebbe la tentazione di accettare l'invito. Voleva rivedere la sua vecchia stanza. Ma poi cambiò idea. Di certo non era piú come l'aveva lasciata, e poi aveva ragione Tanya: quella non era piú casa sua. Lei non apparteneva piú a quel luogo.

— No, grazie. — Poi si rivolse a Tanya. — Andiamo a prenderci un caffè, cosí ci mettiamo al corrente delle novità?

La sua amica scosse la testa.

— Scusa, non posso. Io e Faith stiamo andando a una nuova fantastica discoteca che hanno aperto sul molo e non ho un accidente da mettermi. Devo correre a comprarmi qualcosa. È stato bello rivederti, Jade.

Jade si sentí sprofondare. Era sempre stata lei la migliore amica di Tanya, ma sembrava proprio che l'avesse rimpiazzata.

— Mi scriverai, vero? — le gridò Jade. — E mi verrai a trovare?

Ma Tanya era ormai troppo lontana per sentirla.

Ore 15.30

— Qualcuno ha visto Jade? — Scott brandí la sua mazza da croquet e spinse una palla sotto uno degli archetti.

Tansy fece di no con la testa.

— Credo che sia uscita in bici — disse. — Dev'essere sulle piste ciclabili.

— Magnifico! — esclamò Scott. — Quando ti avrò stracciata, prendo anch'io una bici e la raggiungo. Devo parlarle.

Tansy fece un'espressione sorpresa.

— Cos'è, l'ora delle confidenze? — chiese beffarda.

— Va' al diavolo — mormorò Scott.

Ore 15.40. Calcroso benvenuto

Mentre Jade svoltava l'angolo di Buckingham Street, si rese conto che prima di arrivare a casa di sua nonna doveva architettare un piano. Tanto per cominciare, doveva nascondere la bicicletta. Sua nonna, Charlotte, era fantastica, ma era anche fissata con le regole. Se avesse scoperto che se l'era svignata dalla gita scolastica, sarebbe montata su tutte le furie. Doveva dirle che era venuta in treno da Dunchester per farle una sorpresa. E questo avrebbe spiegato il perché non poteva trattenersi a lungo.

Appoggiò la bicicletta accanto alla pensilina dell'autobus, si lisciò i capelli da porcospino e suonò alla porta di sua nonna.

— Jade! Tesoro! Oh... oh, che splendida sorpresa!

Jade venne risucchiata in un abbraccio che la lasciò quasi senza fiato.

— Oh, nonna! Che bello rivederti! Mi sei mancata da morire.

Sua nonna la allontanò da sé per osservarla.

— Ma guardati! — esclamò. — Quanto sei cresciuta! Mi piacciono i tuoi capelli.

Jade socchiuse gli occhi.

— Sul serio?

— Be', non proprio — rispose la nonna ridendo — ma non voglio sembrare una vecchia barbogia. Bisogna essere, come si dice... trendy?

— Come te — disse Jade con un sorriso. Un tempo sua nonna era stata un pezzo grosso della City, e si vestiva ancora con abiti eleganti e tacchi alti e partecipava a raffinati cocktail party.

— Allora, dove sono David e Paula? Stanno parcheggiando? — Chiese mentre la guidava per un angusto corridoio.

— Loro non ci sono — disse Jade. — Sono venuta da sola.

Sua nonna sembrò preoccupata.

— In treno? Da sola? Oh, tesoro, non so se mi piace... tuttavia, sei qui ed è magnifico rivederti. Preparo una tazza di tè e ci facciamo una bella chiacchierata come ai vecchi tempi.

Ore 16.00. Delusioni

Andy mollò un calcio a una lattina vuota di Coca-Cola e fece correre lo sguardo sul mare agitato. Che stupido era stato a pensare di poter trovare sua madre in una città grande come quella! Si era fatto due volte a piedi la strada che dal Peace Memorial portava al Palace Pier, spingendo la bicicletta e scrutando fra la folla alla ricerca della sagoma alta ed elegante di sua madre. Niente.

Chissà come stava andando a Jade? Almeno, lei non aveva dubbi di trovare sua nonna: cordiale, affettuosa e protettiva. Si sentí un groppo in gola. A quattordici anni non si piange, soprattutto in pubblico. Andava bene se lo faceva Ricky, perché se un ragazzino di sette anni si mette a singhiozzare nessuno ci fa caso. C'erano volte in cui pensava che essere piccoli fosse una cosa meravigliosa.

Ore 16.15. A cuore aperto

— Quindi, capisci, voglio davvero venire a stare qui con te.

Sua nonna sollevò la teiera e versò con calma un'altra tazza di tè.

— Tesoro, non sarebbe una buona idea. Per niente.

— Cosa intendi dire? — chiese Jade con un filo di voce. — Credimi, non ti darei nessun fastidio.

Charlotte sorrise.

— Non è per questo, cara. Tanto per cominciare, tu devi stare con i ragazzi della tua età. E poi, io non sarò qui.

— Che significa? — gridò Jade.

Sua nonna le prese la mano.

— La morte di tuo padre mi ha distrutta — disse. — È per questo che sono andata a trovare Alice in America, per fuggire ai ricordi, per evitare di passare davanti a casa vostra tutti i giorni.

Jade annuí. — L'ho vista. È terribile.

— Le cose cambiano — disse sua nonna in tono pacato. — Negli Stati Uniti sono stata benissimo. Oh, non fraintendermi. Non c'è stato un solo giorno in cui non abbia pensato a Rob e Lizzie e non abbia sentito la tua mancanza, ma ho fatto molte nuove esperienze. Ho persino partecipato ad alcune gare di kayak — aggiunse soddisfatta.

— Alla tua età! — esclamò Jade.

— Come sarebbe a dire? Settantadue anni

a te sembreranno secoli, ma io non sono ancora pronta per la sedia a dondolo e le pantofole.

Nonostante tutto, Jade scoppiò a ridere.

— Voglio tornarci — aggiunse sua nonna. — Non per sempre, solo per alcuni mesi all'anno. E per farlo devo vendere questa casa e prendermi un monolocale a Hove. Perciò, angelo mio, capisci che non avrei posto per te.

Jade era avvilita.

— E poi tu hai tutte quelle magnifiche amiche di cui mi hai scritto... Holly, non è vero? E Cleo?

— Sí, loro sono in gamba — annuí la nipote. — Il problema è Paula. Si rifiuta di parlare. Cioè, è come se si fosse dimenticata del tutto di mamma. Credevo che fossero molto legate.

— Oh, lo erano — confermò sua nonna. — Paula pendeva completamente dalle labbra di Lizzie. Credo che tua zia senta terribilmente la mancanza di tua madre.

— E allora perché non ne parla? — continuò Jade.

— Forse per paura di manifestare la sua sofferenza. Forse devi riuscirci tu a farla parlare.

Jade annuí pensierosa.

— Credo — aggiunse sua nonna — che queste potrebbero esserti d'aiuto.

Aprí una scrivania e ne prese una busta marroncina. Era piena di fotografie.

— Erano nel portagioie di tua madre — disse.

Jade aprí la busta e tirò fuori una manciata di foto. Ce n'era una di sua madre e di Paula quando erano negli scout; e un'altra di Jade appena nata, addormentata fra le braccia di Paula.

Le accarezzò con l'indice.

— Oh, nonna — sussurrò.

— Prendile. Sono tue. Forse è proprio di queste che hai bisogno.

Ore 16.40. All'angolo, in attesa

Andy aspettava all'angolo di Western Road, battendo il piede per terra e guardando nervosamente l'orologio. Dov'era finita Jade? Se non si fossero mossi subito sarebbero rientrati in ritardo, e allora sí che sarebbero stati guai.

Che pomeriggio sprecato! Se almeno avesse invitato Tansy a venire con lui, non si sarebbe sentito tanto solo.

Ore 16.45. Il tempo vola

Tre frittelle e una pasta alla crema piú tardi, Jade guardò l'orologio. Le cinque meno un quarto!!

— Nonna, devo proprio andare! — disse scattando in piedi. — Altrimenti perdo il treno.

Sua nonna si alzò.

— Torna presto, tesoro; per un intero fine settimana. Ne parlerò con Paula.

Jade annuí e l'abbracciò.

— Ti voglio bene, nonna.
— Anch'io ti voglio bene. E ricorda, non bisogna dimenticare il passato, ma non bisogna permettere che ci rovini il futuro. Arrivederci, tesoro.

Ore 16.48. Oggetti scomparsi

Jade corse alla fermata dell'autobus e si arrestò di colpo, guardando freneticamente a destra e a sinistra.

La bicicletta non c'era piú.

Non poteva essere! Si accasciò contro il muro. E adesso? Non poteva mica tornare da sua nonna e confessarle come erano andate veramente le cose. Ma come avrebbe fatto a tornare indietro?

Poi si ricordò di Andy, che si stava sicuramente chiedendo che fine avesse fatto. Poteva tornare a Downsview seduta dietro di lui. Non sarebbero arrivati in orario, ma forse non se ne sarebbe accorto nessuno.

Pregò che quella sera Scarafaggio non andasse al ballo, e senza neanche pensare a come avrebbe spiegato l'assenza della bicicletta, si mise a correre a gambe levate.

Ore 16.50. Un volto fra la folla

"Aspetto ancora qualche minuto" pensò Andy "poi me ne vado." Proprio in quel momento la vide farsi largo fra la calca di persone impegnate nello shopping pomeridiano. Alta ed elegante. Con quel vestito con i girasoli che Ricky chiamava il vestito felice. Sua madre.

Inforcò la bicicletta con il cuore in gola e prese a pedalare lungo la strada. La donna si voltò a guardare la vetrina di un grande magazzino.

— Mamma! Mamma! — gridò con la voce soffocata per l'emozione. — Aspetta! Sono io!

Ore 16.51

Jade si precipitò oltre l'angolo di Western Road e raggiunse il posto dove aveva appuntamento con Andy.

Non c'era.

Doveva essersene andato, stufo di aspettarla.

Adesso l'avrebbero scoperta. Non solo sarebbe finita nei guai per essersela svignata, ma anche per aver perso una bicicletta costosa. Ed era sicuro al cento per cento che la scuola l'avrebbe fatta ripagare a Paula, e per questo Jade sarebbe piaciuta ancora di meno a sua zia.

Si appoggiò alla vetrina di un negozio, sentendosi di colpo sola, spaventata e stupida. Non le restava che tornare da sua nonna e raccontarle tutta la verità. Due lacrimoni le colarono lungo il mento.

— Tesoro, cosa c'è? — Le chiese una donna alta con un vestito con dei girasoli. — Sei nei guai?

Jade fece di no con la testa e tirò su con il naso.

— Mi hanno rubato la bicicletta — disse sottovoce. — Ma sto bene.

Stava per allontanarsi, quando vide Andy arrivare a rotta di collo sulla sua bicicletta. Saltò giú, ignorandola completamente e afferrando per un braccio la donna.

— Mamma! — gridò.

Quella si voltò con un'espressione attonita sul viso perfettamente truccato.

— Mamma, sono... oh. Oh. Mi scusi, l'ho scambiata per un'altra.

Ore 16.53. Ritorno alla base

— Non capisco — disse Scott mentre erano in fila davanti al distributore di bibite. — Ho fatto tre volte il giro della pista e non riesco a trovarla da nessuna parte.

Holly aggrottò la fronte. — Neanch'io l'ho vista.

— Be' — disse Cleo — non mi sorprende affatto, visto che hai passato l'intero pomeriggio all'inseguimento di Paul. Se la Regina fosse sbucata fuori da un cespuglio, non te ne saresti neanche accorta.

Holly le fece la linguaccia.

— Io non riesco a trovare Andy — disse

Tansy strappando la linguetta di una lattina d'aranciata. — L'istruttore ha detto di averlo visto in bici, ma non mi aveva detto niente.

Holly sorrise.

— Forse hanno una storia d'amore segreta — disse sghignazzando.

E si interruppe. L'espressione sui volti di Scott e Tansy le diceva che non era stata per niente spiritosa.

Ore 16.56. Difficile ritorno

— Mi dispiace — disse Jade per la quinta volta. — Avrei tanto voluto che fosse tua madre.

Andy scrollò le spalle.

— Be', non lo era, e tu hai perso la bicicletta e faremo tardi e tutta la giornata si è rivelata un vero disastro.

Si allacciò il casco.

— Non mi resta che salire dietro di te — disse Jade.

— Prega solo che nessuno si sia accorto della nostra assenza — disse Andy, facendola montare.

Ore 17.00. Tam-tam familiare

La nonna di Jade decise di non indugiare oltre: prese il telefono e compose il numero di Paula.

— Paula? Sei tu? Sono Charlotte, tesoro. È stato bellissimo rivedere Jade oggi, ma sinceramente credo che non avresti dovuto lasciarla venire da sola fin quaggiú. Si sentono certe storie... Come, scusa?

Mentre ascoltava quanto le veniva detto all'altro capo del telefono, spalancò la bocca e impallidí.

— Ma se mi ha detto che doveva prendere il treno... Oh, Dio mio... Sí, sí, credo che dovresti. Chiama subito il Centro e fammi sapere.

Ore 17.01. Si interviene

— Vado a dirlo alla signorina Partridge — annunciò Tansy. — Forse sono stati aggrediti, o hanno avuto un incidente e sono finiti in un fosso.

"Oppure Jade ci sta provando con il mio ragazzo" pensò. "In tal caso, meglio non perdere tempo."

— Non c'è bisogno che tu vada a cercare la signorina Partridge — disse Holly. — Sta arrivando, e non mi sembra particolarmente contenta.

L'insegnante si avvicinò e chiese: — Avete visto Andrew Richards o Jade Williams?

Fecero segno di no con la testa.

— Bene — disse lei, andandosene come una furia.

— Adesso sí che siamo fritti — disse Holly.

Ore 17.03. A tutto gas

— È piú faticoso di quanto pensassi — disse Andy con il fiato corto, accostandosi al ciglio della strada per asciugarsi il sudore dalla fronte. — Di questo passo, ci metteremo un secolo.

— Non fermarti — lo supplicò Jade. — Cosí perdiamo tempo.

Avevano percorso qualche altro centinaio di metri, quando una macchina della polizia li superò e si fermò.

— Oh, no — sussurrò Andy.

Un poliziotto scese dal posto di guida e si avvicinò.

— Ma vi rendete conto — disse — di quanto sia pericoloso portare un passeggero sul sellino posteriore di una bicicletta? E che viaggiare senza casco è il massimo della stupidità, signorina?

Jade cercò di fare l'aria innocente. — Mi hanno rubato la bicicletta, e dobbiamo tornare a Downsview prima che si accorgano che siamo spariti...

Si interruppe, mentre Andy le mollava un calcio.

— Capisco — disse il poliziotto. — Penso che noi tre dovremmo fare una bella chiacchierata, non trovate?

Ore 17.05. Allarme rosso

Paula sbatté giú il telefono e si mise una mano sulla fronte. Era tutta colpa sua. Se avesse permesso a Jade di andare a trovare sua nonna, come l'aveva implorata di fare, non sarebbe mai scappata. Doveva avvertire il Centro. E cosa avrebbero pensato di lei? Che era uno scadente surrogato di genitore.

Stava per chiamare, quando squillò il telefono.

— Sí — disse bruscamente. — Oh... signor Grubb. Sí, lo so. Mi ha telefonato sua nonna. È andata da lei.

La porta si aprí e Allegra fece irruzione in cucina.

— Chi è? — domandò.

Paula le fece cenno di tacere.

— In bicicletta? Oddio. Potrebbe accadere di tutto... capisco. Be', mi chiami appena sa qualcosa.

Mise giú il telefono e scoppiò a piangere.

— Mamma! Mamma, che succede?

Paula tirò su con il naso.

— Si tratta di Jade. È scappata. Ed è tutta colpa mia.

Ore 17.30. Comitato di accoglienza

Quando arrivò la macchina della polizia, la signorina Partridge e il signor Grubb erano sulle scale. Le finestre erano piene di ragazzi incuriositi. Se fosse stata una circostanza diversa, Jade si sarebbe sentita molto importante. Al momento, però, si sentiva un verme.

— Grazie per averci telefonato, agente —

disse il signor Grubb. — Adesso ce ne occuperemo noi.

Il poliziotto annuí.

— Ho sporto denuncia per il furto della bicicletta, signore — disse. — La informeremo se avremo notizie. Non che ci speri molto.

Il signor Grubb si rivolse ad Andy.

— Bene, Andrew, vieni con me. Signorina Partridge, credo che lei abbia qualcosa da dire a Jade.

Jade si preparò psicologicamente ai guai che si preannunciavano.

Ore 17.35. Una valanga di scuse

La signorina Partridge condusse Jade in una stanzetta e chiuse la porta.

— Eccoti un telefono — le disse in tono pacato. — Ti consiglio di chiamare tua zia. È spaventata a morte.

— Perché, l'avete chiamata?

— Certo, ma sapeva già tutto. Aveva parlato con tua nonna.

"Sono spacciata" pensò Jade mentre componeva con riluttanza il numero. "Adesso mi odierà veramente."

— Paula? Sono io. Mi dispiace.

— Oh, tesoro, grazie al cielo stai bene. Eravamo tutti in pena. Nell piange a piú non posso, Allegra non vuole cenare. Meno male che hai telefonato.

Jade deglutí.

— Non era mia intenzione creare problemi. Volevo solo rivedere la nonna e fare due chiacchiere...

— Lo so, tesoro. Torna a casa sana e salva e ne riparleremo. Parleremo di tutto quello che vuoi. E... Jade?

— Sí.

— Sforzati di non odiarmi troppo.

Jade si morse il labbro.

— Io non ti odio. Davvero.

Con sua grande sorpresa, capí che diceva sul serio.

Ore 19.30. Ricongiungimenti

Quando Jade entrò nella stanza delle ragazze, trovò Holly, Tansy e Cleo in mutande, impegnate a prepararsi per la discoteca.

— Jade! Sei tornata! Che è successo? Ti sei presa una bella sgridata? Dove sei andata? — chiesero in coro.

— Ti sei imboscata con Andy? — domandò Tansy.

Jade sorrise.

— Non è come pensi — la rassicurò. — Io volevo vedere mia nonna, lui sperava di trovare sua madre. Oh, possiamo parlarne dopo? Mi sento una vera imbecille.

Cleo sorrise.

— Scott sarà felice di vederti — disse. — A cena non ha quasi toccato cibo. Se questo non è amore, dimmi tu cos'è.

Per qualche strana ragione, la cosa fece sentire Jade piú felice di quanto non si fosse sentita in tutto il giorno.

Ore 20.30

Un'ora piú tardi, scoprí di avere torto. A ogni minuto che passava, si sentiva sempre piú felice. Stava ballando con Scott e parlavano sottovoce.

— Mi dispiace di essermi comportato da autentico fesso — disse lui. — Pretendendo che tu fossi felice e contenta. Purché ancora mi... be', hai capito.

— Ancora cosa? — lo sollecitò maliziosa Jade.

— Mi ami — sussurrò Scott.

Il cuore di Jade si gonfiò fin quasi a scoppiarle in petto.

— Naturalmente — mormorò. — E molto.

Ore 20.45

Andy continuava a schiacciare i piedi di Tansy con perfetta regolarità. Il ballo non era il suo forte.

— Avrei dovuto rivelarti cosa avevo in mente — le disse. — Tu me l'avresti impedito, sei cosí assennata.

Tansy aggrottò la fronte. Sofisticata, magari. Ma assennata? Che meganoia!

— Credo che tu abbia dimostrato un grande spirito d'iniziativa — gli disse. — E un giorno la ritroveremo, tua madre.

— Noi? — domandò Andy con un sorrisetto.

— Sí — disse Tansy in tono deciso. — Noi.

Ore 21.00. Esplosione di ego

— Sai — disse Cleo a Trig mentre si dividevano una lattina di Coca-Cola sul bordo del campo — io non avrei mai avuto il coraggio di fare quello che hanno fatto Andy e Jade. Sono una tale smidollata.

Trig scosse la testa.

— No che non lo sei. Perché ti sminuisci sempre?

Cleo scrollò le spalle.

— Hai provato tutti gli sport, anche quelli che ti facevano paura: è stato molto coraggioso da parte tua.

Cleo sorrise.

— Sei adorabile — disse Trig.

E la baciò.

Cleo decise che, fra tutti, questo era lo sport migliore dell'intero fine settimana.

Ore 21.10

Paul batté sulla spalla di Holly.

— Balli? — le domandò.

Holly annuí, sperando di avere un'aria indifferente.

— Mi stavo chiedendo — disse Paul — se ti andrebbe di prendere qualche lezione di vela da me. Sui laghi vicino a Dunchester.

“Mi sta invitando a uscire” pensò Holly piena di gioia. “Faremo coppia.” Rapidamente si immaginò a bordo di uno yacht, con i capelli al vento e Paul che la guardava in adorazione.

Fece un bel respiro.

— Non credo che mi vada di andare in barca.

Paul la guardò perplesso.

— Avevo una paura del diavolo — ammise. — Sono stufa di cercare di essere quello che non sono.

Paul sembrava deluso.

— Quindi non vuoi uscire con me? — chiese.

— Molto volentieri — rispose lei ridendo. — Ma promettimi che rimarremo sulla terraferma.

DOMENICA

Ore 13.00. Di nuovo a casa

Paula fermò la sua Metro nel parcheggio della scuola. Il pullman non sarebbe arrivato prima di altri dieci minuti, ma c'era già un gruppetto di genitori raccolti vicino al cancello.

— Mi scusi, è lei che ha in affidamento Jade Williams? — Un uomo alto, tarchiato, con i capelli grigi e le guance rubizze si avvicinò a Paula con aria agitata.

— Sí, sono io — rispose lei confusa, senza riconoscerlo.

— Sono Allan Richards — disse. — Il padre di Andy. Voglio scusarmi. Credo che ieri Jade sia finita nei guai per colpa di mio figlio.

Paula sorrise e scosse la testa.

— Al contrario — disse. — Credo che sia stata un'idea di Jade. Sente molto la mancanza di sua madre.

Allan annuí.

— Ma almeno Jade ha lei. Io faccio del mio meglio per fare da mamma e papà al mio ragazzo, ma non ne faccio una giusta. Mi scusi, non dovrei parlare cosí.

Paula sorrise.

— Oh, la prego — disse — non si scusi. Mi consola sapere che non sono l'unica a sbagliare tutto.

Ore 13.05

Cleo scese dal pullman, seguita da Trig e dagli altri.

Sua madre era accanto alla macchina, in fitta conversazione con la madre di Holly.

— ... e cosí gli ho detto, tu dammi quelle mutande, che al resto ci penso io — stava dicendo Diana tutta infervorata.

— Davvero? — mormorò Angela Vine. — Affascinante! Oh, ecco le ragazze.

— Tesoro! — Diana abbracciò Cleo. — Ti sei divertita follemente? Era tutto terribilmente estenuante?

Cleo era imbarazzata. Ogni volta che sua madre otteneva una parte, diventava mielosa e affettata, e lei si vergognava tremendamente, visto soprattutto che le sue amiche avevano delle madri normali.

— Mamma, smettila! — bisbigliò.

— Tesoro, ho ottenuto il lavoro — disse Diana piú smorfiosa che mai. — Sono cosí eccitata. Voglio raccontarti tutto per filo e per segno.

"Non qui" pensò Cleo.

— Mamma?

— Sí, tesoro?
— Sali in macchina. Subito!

Ore 13.12

Jade si aspettava che Paula fosse fuori di sé, invece l'abbracciò velocemente, la mise in macchina e filò via. A metà strada svoltò in Beckets Park e spense il motore.

— Facciamo una passeggiata — disse.

"Ci siamo" pensò Jade. "Tanto vale che cominci io."

— Paula, mi dispiace. Davvero. Non avrei dovuto svignarmela in quel modo. Ma ero molto confusa.

— Ciò che hai fatto è una pazzia — disse. — E dobbiamo ancora parlare del risarcimento di quella bicicletta. Ma prima ci sono cose piú importanti di cui parlare. Di tua madre, per esempio. Di Lizzie.

Jade la guardò negli occhi.

— Vuoi parlarne, vero? — domandò Paula.

— Oh, sí — rispose Jade. — Certamente.

— Avevamo litigato, sai — disse Paula con la voce incrinata. — Tre giorni prima che... prima che morisse.

— Litigato? — Jade era sbigottita.

Paula annuí.

— Mi aveva accusato di comportarmi ingiustamente con Nell — sospirò Paula. — Le avevo detto che certe volte avrei voluto non averla mai avuta...

Jade rimase quasi senza fiato. Si ricordò delle parole che all'inizio della settimana aveva sentito provenire dallo studio di David.

— Nell? Quindi era Nell che non avresti mai voluto? Non io!

Paula la fissò.

— Tu? Certo che no, tesoro. E, naturalmente, a Nell voglio un bene dell'anima. Ma lei è cosí introversa e piagnucolosa, molto diversa da Allegra alla sua età, e certe volte non so proprio come prenderla.

Jade ci rifletté su.

— Comunque sia — continuò Paula — ho alzato la voce con Lizzie dicendole che per lei era stato facile, che tutti potevano farcela con un figlio solo e che avrebbe dovuto provare con tre. Non so cosa mi avesse preso; lei aveva sempre voluto un altro figlio, ma non ci era riuscita. Sono stata orribile con lei. E quella è stata l'ultima volta che ci siamo parlate.

Jade si accorse che gli occhi di sua zia erano pieni di lacrime.

— Mamma avrà di certo capito — disse in tono affettuoso. — Tutti litigano qualche volta.

Paula annuí.

— Ma Lizzie era sempre pronta a correre in mio aiuto. Sempre — disse. — Quando è morta nostra madre, si è presa cura di me. Quando a scuola mi prendevano in giro perché ero troppo magra, prendeva sempre le mie difese. E adesso se n'è andata anche lei.

Si interruppe e Jade vide che le tremavano le spalle. Timidamente le prese la mano.

— Torniamo alla macchina — disse. — Ho qualcosa da farti vedere.

Ore 13.20

— Oh, questa me la ricordo! — esclamò Paula con un sorriso, mentre prendeva un'altra fotografia. — Lizzie mascherata da infermiera che faceva fare a me la malata. Mi aveva messo un cerotto sulla bocca perché diceva che per essere una malata parlavo troppo!

Jade scoppiò a ridere.

— E guarda quest'altra! — disse Paula. — Quelle scarpe con la zeppa! Le trovavo molto trendy!

E si voltò a guardare Jade.

— Sai — disse — non ho piú guardato il mio album di foto dal giorno dell'incidente. Non ce la facevo. Ma adesso credo di sí. Andiamo a casa.

— Aspetta. — Jade le mise una mano sul braccio. — A proposito di Nell...

— Oh, tesoro, non badarci. Se la caverà da sola.

Jade scosse la testa.

— Invece, no — affermò risoluta. — Dobbiamo pensarci noi. Io e te.

Ore 13.35

Quando arrivarono a casa, Allegra era sulla porta. Jade si aspettava commenti e osservazioni sarcastiche su quanto era stata infantile e sui problemi che aveva causato, cosí rimase molto sorpresa quando sua cugina le sorrise e la abbracciò.

— Ti ammazzerei per averci fatto spaventare cosí! — disse, ma con una nota canzonatoria nella voce. — Ti hanno arrestata veramente?

— Quasi! — rispose Jade ridendo. — Ma ti racconto tutto dopo. Dov'è Nell?

Ore 13.40

— Te ne sei andata — l'aggredí Nell in tono di accusa.

— Be', però sono tornata — disse Jade. — E ho riflettuto.

— Su cosa?

— Be', tu non mi hai detto che certe ragazzine prepotenti se la prendono con te a scuola, vero?

Nell scosse violentemente la testa.

— E non mi hai nemmeno detto che ti hanno chiesto dei soldi, vero?

Altri violenti scuotimenti di testa.

— E non mi hai detto che erano Amanda, Jane e Susie...

Jade cercò disperatamente di farsi venire in mente i nomi delle altre amichette di Nell.

— Non sono state loro, scema! Sono state Emily e Rebecca, che sono in quarta.

Si interruppe e si tappò la bocca con una mano.

— Ecco, bene — disse Jade. — Ma non me l'hai mica detto tu.

Nell la guardò.

— Non te l'ho detto io che mi hanno chiamata Nellie l'Elefantessa[1] perché sono brutta e grassa, vero?

Jade fece segno di no con la testa. Come potevano essere cosí terribili?

— Se lo dirai, mi taglieranno i capelli — disse. — E poi sembrerò ridicola come te.

Jade scoppiò a ridere.

— Oh, Nell — disse. — Ti voglio tanto bene.

— Anch'io — disse Nell. — E andrà tutto a posto?

Jade la abbracciò. — Certo. Te lo prometto. E da questo momento in poi, ti chiamerai con il tuo vero nome. Cosí la smetteranno.

Nell sembrò molto colpita.

— Helen Veronica Madeleine Webb.

— Helen basterà — disse Jade ridendo. — Conosci forse qualche elefante di nome Helen?

Ore 13.50

Paula e David erano seduti sul divano.

— Come abbiamo fatto a essere tanto ciechi? — disse David per la terza volta. — Tutti quei pianti di notte e quelle continue richieste di soldi. Bisognava immaginarlo.

[1] Nellie l'Elefantessa è la protagonista di una popolare poesia inglese per bambini.

— Avrei dovuto capirlo — disse Paula. — Del resto, prendevano in giro anche me a scuola, e di solito era Lizzie a salvarmi. Eppure, non mi sono accorta che stava succedendo anche a mia figlia. C'è voluta Jade per farci aprire gli occhi.

— Meno male che c'eri tu, Jade — disse David. — Ero pronto a infuriarmi con te per essere scappata, ma sembra che ormai non ne abbia piú l'energia! Meno male che sei tornata.

Jade sorrise.

— È bello essere di nuovo a casa.

Allegra alzò gli occhi dal pavimento dove stava facendo un castello con i Lego insieme a Nell.

— Oh, per favore — disse. — Possiamo finirla con tutte queste mielose smancerie sentimentali e avere qualcosa da mangiare? Stasera ho un appuntamento galante.

Ore 14.10

Stavano facendo fuori un tortino al formaggio, quando squillò il telefono.

— Ciao, Jade. Sono io, Cleo. Tutto a posto?

— Alla grande — rispose Jade. — E tu?

— Lascia stare — rispose Cleo. — Portia si è chiusa in bagno perché Gareth l'ha mollata, Lettie piange come una matta perché le è morto il pesciolino rosso e, come se non bastasse, mia madre apparirà in TV in mutande.

Jade scoppiò a ridere.

— Be' — disse — guarda il lato positivo. Sempre meglio che apparire senza.

— Davvero — disse Cleo — sono proprio delle gabbie di matti, le famiglie! Chi le vuole? Oh, scusa, Jade. Mi ero dimenticata che tu non ce l'hai.

Jade lanciò un'occhiata alla tavola. Josh stava leggendo "Insect Weekly", il settimanale sugli insetti, e diceva a suo padre che doveva assolutamente comprarsi un piccolo scorpione domestico; Allegra stava togliendo la cipolla dalla sua fetta di tortino, accusando la madre di avercela messa apposta per farle puzzare l'alito davanti a Hugo; e Helen stava scrivendo il suo nuovo nome con le patatine fritte.

— Sí, che ce l'ho — disse. — Ho anch'io una famiglia di svitati.

Brutti sogni

LUNEDÍ

Ore 7.00. Nella cucina di 6 Kestrel Close, West Green, Dunchester. Grazie al cielo, è lunedí

Cleo Greenway era davanti alla finestra della cucina e contemplava la pioggia battente cercando di pensare a qualcosa di bello.

Sulla rivista "Heaven" aveva letto un articolo dove si diceva che, in caso di stress, bastava chiudere gli occhi e immaginare di trovarsi su una magnifica spiaggia sotto una palma agitata dal vento. Pensò che per qualcuno dovesse anche funzionare, perché in caso contrario non l'avrebbero scritto. Su di lei, però, questa tecnica non aveva alcun effetto. Forse perché, essendo grassottella, non amava riflettere su situazioni che implicavano necessariamente costumi da bagno e nudità. Immaginò che con le sue amiche quelle tecniche di rilassamento avrebbero funzionato al primo tentativo. Non che ne avessero bisogno. Tanto per cominciare, non si agitavano mai come lei; secondo, non abitavano in quel campo di battaglia che era il numero 6 di Kestrel Close.

Quasi a dimostrazione di ciò, il silenzio del primo mattino venne infranto da un gran sbattere di porte e dalla voce stridula di sua sorella Portia – sedici anni – che rimbombava sul pianerottolo.

— Mamma! Lettie ha di nuovo usato i miei trucchi!

— Oh, Lettie, tesoro... — La voce melodiosa della signora Greenway giunse leggiadra dalla stanza da letto.

— Non sono stata io! — Lettie, che anagraficamente aveva dieci anni ma intellettualmente superava di poco i quattro, stava inscenando la sua solita commedia di povera bambina bistrattata. — È stata Cleo, l'ho vista.

— Adesso l'ammazzo! — ruggí Portia sbattendo i cassetti. — Mi ha fatto fuori il contorno labbra che avevo appena comprato. Cleoooooo!

— Volete smetterla voi due? — tuonò la voce cavernosa di Roy, il loro patrigno. — Ma è mai possibile che in questa casa ogni stupidaggine diventi una tragedia?

— Ma Cleo ha preso il mio...

— Allora veditela con Cleo, ma in silenzio, per carità! — La porta della camera si chiuse sbattendo, seguita in rapida successione dal rumore della porta del bagno e dallo scrosciare della doccia.

"Che grazia!" pensò Cleo mentre frugava

nel frigorifero in cerca di qualcosa che assomigliasse a una colazione. Come se lei avesse bisogno del prezioso contorno labbra di Portia! A sua sorella forse non importava di dare l'impressione di avere le labbra coperte di marmellata di more, ma Cleo preferiva un look discreto. Anzi, piú discreto era, meglio si sentiva. Almeno non ti facevi notare. In quanto a quel rospetto di Lettie, come osava dire bugie su di lei?! A volte Cleo avrebbe tanto desiderato essere figlia unica.

Non che non amasse la sua famiglia, pensò con qualche senso di colpa. Ma erano tutti cosí... be', troppo ingombranti. Del resto, non avrebbe neanche voluto trovarsi nella situazione di Jade Jade Williams non aveva una famiglia. Nel senso di una famiglia sua. I suoi genitori erano morti in un incidente stradale alcuni mesi prima, e adesso Jade viveva con la famiglia di sua zia Paula. Aveva attraversato momenti difficili cercando di abituarsi alla nuova condizione, e si era rivelata una ragazza molto coraggiosa. Aveva addirittura avuto l'ardire di tagliarsi i capelli praticamente a zero e di tingerli di uno stravagante color rame brunito. Quando c'era una cosa che non le piaceva, Jade faceva di tutto per cambiarla. Lei e le altre sue amiche erano molto sicure di sé, al contrario di lei.

"Sarebbe davvero bello" pensò, rinunciando alla sua ricerca nel frigo e afferrando una scatola di cereali dalla credenza "essere come Holly Vine." Holly era alta e snella e non si preoccupava mai di niente, se non forse di dove pescare il suo prossimo ragazzo. Aveva genitori piuttosto anziani, che a quanto pare non litigavano mai né sbattevano porte. Secondo Holly, questo dipendeva dal fatto che il padre era troppo impegnato a scrivere libri sulla Guerra Civile e a vivere nel passato, per potersi accorgersi di cosa accadeva nel presente. Sua madre, invece, era talmente dispotica che faceva sempre di testa sua. Anche la mamma di Cleo aveva la tendenza a fare come voleva, e di recente Roy, il suo patrigno, aveva cominciato a non digerire piú tanto la cosa. E quando Roy era scontento, *tutti* se ne accorgevano.

Quanto sarebbe stata piú semplice la vita, pensò Cleo versando i cereali nella ciotola, se fosse stata come Tansy Meadows: una ragazza minuta, atletica, molto sveglia, che sapeva perfettamente cosa voleva dalla vita e come ottenerlo. Tansy non aveva il padre, né un patrigno o simili – o, quanto meno, non l'aveva mai conosciuto – e viveva con sua madre Clarity in una villetta molto carina con il pavimento di assi traballanti, senza sorelle che la facessero uscire dai gangheri. La mamma di Tansy era una seguace del pensiero New Age, il che voleva dire che non le piacevano le voci grosse e le aure disturbate.

"In questa casa" pensò Cleo aprendo il cartone del latte "un'aura non avrebbe nemmeno avuto il tempo di apparire, figuriamoci quello di lasciarsi disturbare." Tansy aveva assicurato a Cleo che avere una madre rilassata presentava anche degli svantaggi, per esempio rimanere senza luce perché lei si era dimenticata di pagare la bolletta; e c'era anche quel dettaglio insignificante che riguardava l'identità incerta del padre di Tansy. Anche Clarity le diceva di no, come tutti i genitori corti di vedute, ma lo faceva sottovoce. "La mia famiglia" pensò Cleo, accasciandosi sul tavolo della cucina "non fa mai niente sottovoce."

Giocherellò con un ciuffetto dei suoi capelli scuri e per la centesima volta desiderò di essere come le sue amiche. Nessuna di loro avrebbe cominciato a vagare per casa alle cinque e mezzo del mattino, potendo rimanere al calduccio nel proprio letto. Ma nessuna di loro faceva il Sogno.

Cleo rabbrividí, non per il freddo, ma perché non poteva scrollarsi di dosso la tremenda sensazione che quel sogno le lasciava ogni volta. Era un sogno ricorrente. Quando era piccola, di solito si metteva a urlare di notte e sua madre accorreva e la cullava chiedendole perché piangesse, ma lei non riusciva mai a spiegare quelle immagini confuse. Crescendo, la sua famiglia si era abituata a quelle sporadiche urla notturne e non ci faceva piú tanto caso, anche se una volta Lettie era andata da lei, l'aveva stretta fra le sue braccia e le aveva domandato cosa fosse successo. Ma naturalmente lei non poteva dirglielo. Non poteva dirlo a nessuno, figuriamoci a Lettie.

Cleo sapeva che sua madre aveva un debole per Lettie. Supponeva che dipendesse da quello che le era successo e anche perché era la piccolina di casa. Tutte le attenzioni erano per lei, pensò Cleo... ma subito provò di nuovo un senso di colpa. In fin dei conti, non era mica colpa di Lettie se a scuola era un anno avanti, o se faceva una tragedia del fatto che zoppicava un po'. Non doveva pensare male della sua sorellina, anzi doveva volerle ancora piú bene e...

"Smettila" disse a se stessa prosciugando le ultime gocce di latte rimaste nella ciotola. "Smettila di rimuginarci sopra. Se la finirai di pensarci, forse smetterai di fare quel sogno. Pensa a qualcosa di bello."

Come al fatto che era lunedí. Le sue amiche l'avrebbero presa per matta se avessero saputo che il solo pensiero di avere cinque giorni di scuola davanti a sé la faceva star meglio. Holly, Tansy e Jade, loro vivevano per il fine settimana! Cleo, al contrario, viveva in attesa che terminasse.

Il fine settimana appena trascorso era stato peggiore del solito. Non solo perché sua madre e Roy avevano passato metà del sabato a litigare per questioni di soldi; ormai questo succedeva di frequente. Cleo adorava sua madre, ma doveva ammettere che in fatto di cifre non ci capiva granché. Quando era un po' annoiata, o c'era qualcosa che non andava per il verso giusto, Diana Greenway entrava nel primo negozio di abbigliamento che trovava, sventolando la sua carta di credito e cercando consolazione fra gli scaffali pieni di camicette di seta e vestiti firmati. E poi, quando alla fine arrivava l'estratto conto, lo fissava sinceramente sbigottita e urlava: — Come diamine è potuto succedere?

— È successo — le aveva detto Roy sabato mattina a denti stretti, quando Diana si era di nuovo stupita davanti all'estratto conto della carta di credito della Barclay Bank — per via della tua completa incapacità di farti bastare quello che hai. Anziché dedicarti a tutti quegli intrallazzi da esibizionista, faresti meglio a trovarti un lavoro vero.

La mamma di Cleo fece la faccia offesa.

— Ma, Roy, tesoro, questa pubblicità della Fittinix è una vera manna dal cielo. Potrebbe essere l'inizio di una nuova carriera! — aveva protestato mordicchiando con grazia una fetta di pane ipocalorico, come si confaceva a chi era stata selezionata per pubblicizzare una linea di mutande davanti a tutti i telespettatori del Regno Unito.

— Ah, sí? — aveva ribattuto sarcasticamente Roy, con l'irritazione che cominciava a trasparirgli dai lineamenti marcati. — Come la comparsata che hai fatto in quella soap, *Coronation Street*, che avrebbe dovuto farti diventare una diva della TV?

A quel punto si accorse dell'espressione affranta di sua moglie e ammorbidí un po' i toni.

— Sta' a sentire, Di, tesoro, so che ci tieni molto a questa pagliacciata della recitazione, ma devi tenere i piedi per terra. Siamo davanti a un vero disastro finanziario. Non vorrai mica arrivare al punto di dover vendere la casa, no?

Cleo era rimasta senza fiato. Sapeva che Roy non la finiva mai con la storia che i soldi non crescevano sugli alberi e si lamentava che Max, il vero papà di Cleo, non mandava mai abbastanza soldi per coprire quelle che lui chiamava le "ridicole uscite delle ragazze", ma non aveva mai pensato che la situazione fosse tanto grave.

Sua madre scoppiò a ridere e lei si sentí sollevata.

— Oh, Roy, tesoro. Ma dai! — aveva esclamato infilando l'estratto conto sotto il portatoast. — Vendere la casa! Ma va! Sei troppo tragico. Questa non è che una crisi momentanea e non appena...

Con gran spavento di Cleo, Roy aveva spinto indietro la sedia, si era alzato in piedi e aveva battuto il pugno sul tavolo. Persino Portia, che aveva fatto una forma d'arte dell'infischiarsene degli altri, era rimasta colpita al punto da sollevare un sopracciglio.

— Ma quando comincerai a vivere nella realtà? Questa non è mica una commedia a lieto fine, questa è la vita! — aveva urlato. — Sono stufo di lavorare come un mulo per mantenere te e le tue figlie mentre tu, mese dopo mese, non contribuisci neanche con un penny. Non so ancora quanto tempo riuscirò a sopportarlo!

Cleo sentí una morsa al petto. Quel discorso l'aveva già sentito fare spesso. Da suo padre, che qualche anno prima diceva esattamente le stesse cose, e poi se n'era andato a vivere con Fleur su una chiatta a Norfolk Broads. Non aveva mai capito bene il senso di quel "sopportare", ma ricordava bene che sua madre era distrutta, piangeva e non toccava cibo; Portia marinava la scuola e Lettie era tornata una bambina di quattro anni, età alla quale si era bloccata. Se anche Roy se ne fosse andato, Cleo non osava nemmeno immaginare cosa sarebbe successo.

Per questa ragione aveva passato il resto del fine settimana cercando di telefonare a suo padre. Se solo avesse potuto spiegargli la loro situazione finanziaria, era certa che lui avrebbe mandato dei soldi. Ma ogni volta che l'aveva chiamato al cellulare, aveva trovato la segreteria. Anche quella mattina. E per giunta non aveva mantenuto la promessa di telefonare la domenica, cosí adesso era preoccupata che fosse malato o fosse caduto dalla barca o avesse avuto un incidente d'auto.

Non voleva dire niente a sua madre, perché sapeva che sarebbe esplosa: «Ho sempre detto che quell'uomo non ha nessun senso di responsabilità.» Ed era inutile dirlo a Portia, che andava in giro a sbandierare ai quattro venti che odiava suo padre. Non gli aveva mai perdonato di essersi messo con Fleur, che aveva solo ventotto anni e poteva essere sua sorella. Portia diceva che Fleur era una rubauomini e un'ochetta, mentre Lettie diceva che puzzava, ma questo, come quasi tutto quello che usciva dalla bocca di Lettie, era ridicolo. A Cleo, in cuor suo, Fleur stava piuttosto simpatica. Ma non sarebbe stato saggio dichiararlo apertamente. Quando andava a trovare suo padre, Fleur non le stava continuamente fra i piedi per fare l'amica a tutti i costi; non proponeva mai di andare al lunapark per vedersi costretta a navigare su spaventosi canali artificiali in groppa a dei ceppi di legno; e non cercava mai di indagare sulla sua vita amorosa. Il che, pensò in quel momento Cleo, decidendo se optare per una seconda ciotola di cereali o per un cornetto imburrato, era una benedizione, perché era quasi certa che la sua vita amorosa avrebbe subito un tracollo.

Fino alla settimana prima, pensare a Trig Roscoe significava pensare a Qualcosa di Bello. Adesso, invece, la definizione piú giusta sarebbe stata quella di Qualcosa di Molto Preoccupante. Lo amava tantissimo, appassionatamente, lo adorava fino all'inverosimile. Ormai uscivano insieme da abbastanza tempo perché gli altri li considerassero una coppia. Lui le aveva detto che era adorabile, ma lei sapeva che non era vero; tuttavia era bello sentirselo dire, e in discoteca, durante la gita scolastica, le aveva rivelato cosa provava veramente per lei. Recentemente, però, aveva smesso di telefonarle tutte le sere, e anziché tornare a casa piano piano insieme a lei, correva via senza dire una parola. E se avesse avuto un'altra? E se avesse voluto una ragazza piú trendy, con cui divertirsi di piú? Se l'avesse perso, non sarebbe sopravvissuta.

Ecco perché quella mattina, per la precisione alle cinque e quarantacinque, aveva deciso di diventare una persona nuova. Drasticamente. Era stufa di essere la solita, vecchia, noiosa Cleo quella che se ne stava sempre in disparte per timore che potesse capitarle qualcosa di brutto; la vecchia, triste Cleo con un motivo sempre valido per non fare le cose. Da adesso in poi, pensò, estraendo il cornetto dal forno a microonde e affondando i denti nel burro, sarebbe diventata come le sue amiche e avrebbe vissuto alla giornata. Avrebbe smesso di preoccuparsi di tutto e si sarebbe lasciata andare. E quella era sicuramente la settimana giusta per cominciare.

Del resto, lei e Trig si sarebbero visti piú del solito. Il coro della West Green Upper School, del quale entrambi facevano parte, era arrivato alle finali di *Voci Belle*, il festival musicale delle scuole delle Midlands, e questo significava provare dopo la scuola e, magari, tornare a quelle lente camminate verso casa fitte di coccole.

Determinata al massimo, si alzò in piedi, chiuse gli occhi, sporse le labbra e si strinse in un abbraccio mimando un bacio appassionato. Era appena arrivata alla parte dei sussurri, quando la porta della cucina si spalancò, colpendola sul petto e facendole sputare briciole di cornetto sul maglione.

— Tesoruccio, agnellino, sei già alzata e vestita! — La madre di Cleo entrò in cucina in modo fiero e maestoso avvolta in una nube di Allure. Portava pantaloni di pelle color cappuccino attillatissimi e un body di Lycra che la facevano sembrare molto piú giovane dei suoi quarantaquattro anni. — Che tempo orrido e deprimente! Quale inclemenza degli elementi!

Diana Greenway non voleva proprio dimenticare che per due stagioni, negli anni Settanta, era stata una delle stelle minori della Royal Shakespeare Company, e non paga di avere dato alle figlie i nomi delle eroine shakespeariane, riusciva a elevare anche l'evento piú banale e ordinario alle proporzioni delle tragedie epiche di quel grande.

— Mi piace la pioggia — commentò Cleo spazzolandosi via le briciole dall'uniforme scolastica. — Se piove significa che non faremo ginnastica.

Cleo era fermamente convinta che qualsiasi attività legata al correre, saltare o mettere in mostra ampie porzioni di ciccia fosse assolutamente ingiustificata.

— Che importa della ginnastica, angelo mio? — disse sua madre, versando l'acqua bollente sulla sua bustina di tisana. — Questa settimana dobbiamo girare la pubblicità delle mutande Fittinix.

— E allora? — chiese Cleo. — Che c'entra il tempo? Sarai in uno studio.

— No, tesoro. Non te l'ho detto? — Diana si sedette al tavolo e poggiò il mento sulle mani curatissime e immacolate. — È tutto cosí eccitante. L'agenzia ha avuto questa splendida trovata: starò in una mongolfiera.

Cleo rimase col boccone sospeso; i suoi problemi diventavano bazzecole di fronte a questa rivelazione della madre.

— *Cos*'è che farai?

— Volerò in un aerostato, tesoruccio — le confermò sua madre. — Che trovata geniale! Ci saranno delle riprese del pallone che fluttua sopra le rovine del castello di Dunchester, e primi piani di donne in costume d'epoca strette nei loro corsetti, tutte in lacrime e senza fiato che continueranno a dire «ahi!», non so se mi spiego?! E poi, a un tratto, la macchina da presa farà una zumata sul pallone, e lí ci sarò io in biancheria intima Fittinix. Quindi una voce fuori campo dirà: «Lasciate le pene al passato; fermate le forme con Fittinix. Ti modella senza mozzare il fiato.» Non la trovi un'idea splendida?

Cleo fissò sua madre con occhi increduli.

— Vorresti che trovassi splendida l'idea di mia madre in mutande su una mongolfiera che svolazza sopra Dunchester? Davanti agli occhi di tutti?

Diana annuí eccitatissima. — Lo sapevo che ne saresti rimasta entusiasta — disse.

— Oh, assolutamente delirante — mormorò Cleo. — E quando avrebbe luogo questo sbalorditivo evento?

— Non appena ci sarà il tempo giusto, tesoro — rispose sua madre. — Ho un'idea! Potresti portare anche le tue amiche sul set!

"Non credo alle mie orecchie" pensò Cleo. "Ci siamo: mia madre è completamente impazzita. Ha perso il lume della ragione."

— No, grazie — si affrettò a rispondere. — Avrò da fare.

— Da fare, tesoro? Tu? — Era evidente che Diana la riteneva un'eventualità impossibile, quanto la vincita del Nobel per la letteratura da parte della figlia. — E come mai?

— Mamma, te l'ho ripetuto almeno cento volte. Ci sono le finali del coro.

— Oh, ma sí. Prove a tutte le ore, immagino. È per questo che ti sei alzata cosí presto?

Cleo si morse il labbro e si chiese se fosse il caso di provare a parlarne con sua madre.

— Non esattamente — disse. — È che sono sveglia dalle cinque.

— Tesoro! — disse Diana scandalizzata. — Che cosa terribile! La perdita del sonno produce effetti devastanti sulla pelle. Io stessa sono una vittima delle borse sotto gli occhi. Dammi retta, usa il mio gel ricostituente con aloe vera; è un prodotto meraviglioso e...

Cleo fece un altro tentativo. — No, mamma, ascolta... Ho fatto di nuovo quel sogno — disse tutto d'un fiato. — Quello dove sono nella macchina e poi...

Le mancò la voce.

La madre si portò una mano sulla bocca, le lanciò una rapida occhiata e si diresse alla porta.

— Portia! Lettie! Forza, su. È tardi!

"Lo sta facendo di nuovo" pensò Cleo con un tuffo al cuore. "Lo fa apposta a cambiare argomento." Perché sua madre non voleva parlarne? Se solo avesse potuto ricordare...

— Tesoro, di tanto in tanto tutti fanno brutti sogni — buttò lí sua madre infilando due fette di pane integrale nel tostapane. — Devi solo levartelo dalla mente... io faccio cosí.

— Ma non se ne va — protestò Cleo. — È spaventoso, è...

— Oh, Lettie, agnellino, eccoti qua! Portia... Che ti sei fatta ai capelli?

Diana stava studiando la ciocca marrone scuro che era apparsa fra i capelli della figlia maggiore e che rappresentava un argomento di conversazione mattutina meno rischioso delle apparizioni notturne di Cleo.

All'improvviso Cleo desiderò non trovarsi lí; non voleva starsene a guardare Portia nei suoi vestiti taglia quaranta e sentirsi ripetere che lei era l'unica a non avere ereditato la figura da silfide della madre. Non voleva sedersi accanto a Lettie, perché ogni volta che la guardava le tornavano in mente frammenti del sogno, e non erano affatto piacevoli.

— Cleo, tesoro, ci pensi tu a fare una treccina a Lettie? — cinguettò sua madre imburrando energicamente un toast. — Oh, hai dato da mangiare a Peaseblossom? Lo sai che Roy si infuria se il gatto gli capita tra i piedi mentre fa colazione.

— Sai che tragedia! — disse Cleo, quasi sorpresa della propria audacia.

— Cleo? — Diana sembrava altrettanto stupita.

— Scusa, ma non posso contemporaneamente fare i capelli a lei e dare da mangiare al gatto. Vado di fretta — disse, cercando di assumere un tono vivace. — A dopo.

— Ma, Cleo, sono solo le sette e mezzo. E poi, volevo che tu…

Ma la figlia non rimase a sentirla. Fece il corridoio di corsa, agguantò l'impermeabile e prese lo zainetto. Aprendo la porta, sentí sua madre che protestava: — Non capisco cosa le sia preso. Non è la Cleo di sempre, proprio no.

Cleo smise di cercare di pensare a qualcosa di bello. Non c'era nulla di piú bello che sentire sua madre pronunciare quelle parole. La vecchia Cleo era uscita di scena.

Ore 7.30. La stanza di Holly ai Cedri, Weston Way, West Green. Rimuginando sui contrattempi

Mentre la determinazione di Cleo cresceva sempre piú, l'umore di Holly Vine cominciava a crollare a velocità allarmante.

Era tipico della sua vita, pensò appoggiando i gomiti sul davanzale della sua stanza e fissando rabbiosa la pioggia, che nell'unica occasione in cui era riuscita a trovare una soluzione al casino in cui versava la sua vita sentimentale, ci si fosse messo il tempo a rovinare tutto.

Questa volta aveva veramente creduto di farcela. Aveva pianificato di andare a scuola prima e di mettersi a sedere sul muretto rotto in fondo a Weston Way con le gambe accavallate in una posa sensuale, i capelli noce moscata appena lavati che le ricadevano sulla spalla sinistra, e aspettare che passasse Paul. Lui sarebbe arrivato a passo lento diretto alla fermata dell'autobus, si sarebbe fermato, l'avrebbe guardata a bocca aperta folgorato dalla sua bellezza, chiedendosi immediatamente come avesse fatto a essere tanto stupido da ignorarla negli ultimi cinque giorni. Poi avrebbe spalancato le braccia, lei sarebbe saltata con grazia giú dal muretto e si sarebbero intrecciati in un lungo, prolungato bacio. E lui non avrebbe piú pensato alla Ragazza.

Holly era molto preoccupata per la Ragazza. Non ne conosceva il nome, ma quel poco che ne sapeva bastava a darle pensiero. Tanto per cominciare, frequentava il Bishop Agnew College, e questo la metteva immediatamente in una posizione di vantaggio rispetto a Holly. Cleo, Tansy e Jade non avevano problemi, visto che i ragazzi di cui erano infatuate andavano alla West Green Upper, e perciò potevano tenerli costantemente d'occhio ed eliminare in tempo ogni possibile rivale. Paul Bennett frequentava l'esclusiva scuola privata della città, e questo significava che la mattina lui e Holly non prendevano lo stesso autobus e che tornavano a casa a orari differenti. Quando Paul l'aveva invitata a uscire, lei aveva subito dato per scontato che si sarebbero visti molto spesso, anche perché lui era andato ad abitare nella casa costruita in quello che un tempo era l'orto della famiglia di Holly. Ma le cose non avevano affatto preso quella piega. Anzi, dalla finestra della sua stanza non poteva neanche sbirciare in casa di Paul e andare in brodo di giuggiole, perché la madre aveva provvisto l'abitazione di costosissime veneziane e tendaggi arabescati. Perciò, dal loro primo appuntamento, Holly, sempre piena di risorse, il pomeriggio aveva preso l'abitudine di farsi trovare "per caso" alla fermata del bus della Bishop Agnew. E proprio in una di quelle occasioni aveva visto Paul insieme alla Ragazza. Un po' troppo "insieme" per i suoi gusti.

Appena aveva visto il modo in cui Paul le si stringeva e pendeva dalle sue labbra, l'aveva odiata. Era bassa, quindi le bastava sollevare appena il mento per rivolgergli uno sguardo adorante. Holly invece era alta quanto Paul e doveva piegare leggermente le ginocchia se voleva apparire fragile e bisognosa di protezione maschile. La ragazza sarà stata anche bassa, ma aveva un seno che pareva lottare costantemente per sfuggire dal maglioncino superattillato che indossava. I seni di Holly erano di diversa grandezza, e questo la costringeva a indossare maglioni larghi nella speranza che nessuno immaginasse cosa c'era sotto.

Quando Paul si era chinato verso la ragazza sollevandole il mento con un dito, aveva deciso che era troppo.

— Ciao, Paul! — l'aveva salutato, sforzandosi di fare una voce roca e sensuale. — Passi da me piú tardi?

Paul si era voltato, aveva abbozzato un mezzo sorriso e scosso la testa, togliendosi dagli occhi una ciocca di capelli biondi da sballo. Non aveva neanche avuto la grazia di fingersi in colpa.

— Scusa — le aveva risposto. — Stasera non posso.

Holly sapeva che a quel punto avrebbe dovuto seguire i consigli che leggeva sulle riviste, cioè rovesciare la testa all'indietro, fare la superiore e allontanarsi senza fare storie. Ma Holly non ne aveva alcuna intenzione.

— E come mai? — gli aveva domandato raggiungendo la coppia e ignorando l'espressione confusa della ragazza. — Non ti vedo quasi mai.

Paul aveva tirato un sospiro insofferente. — Ho da fare, non è mica grave.

Holly voleva dirgli che invece qualunque cosa avesse la precedenza su una serata insieme a lei era gravissima, ma si era resa perfettamente conto degli sguardi di fuoco che le lanciava la ragazza con quegli occhioni acquamarina. Era stucchevolmente carina con le sue maniere da bambolina di porcellana, i folti capelli biondi e lunghi, la carnagione chiara che risaltava magnificamente sul costoso impermeabile grigio con cappuccio. Ovvio, era un tipetto pretenzioso e affettato, pensò acida Holly, una che copriva l'uniforme crema e viola della Bishop Agnew con un capo sicuramente firmato. Holly le aveva rivolto ciò che sperava fosse uno sguardo lungo e perfido, e stava per sgattaiolare piú vicino a Paul quando lui si rivolse alla ragazza.

— Avanti, su — le aveva detto indicandole con la testa casa sua. — Non so tu, ma io ho una fame da lupi.

Holly era rimasta a guardare afflitta i due che si allontanavano. Poi era entrata in casa come un razzo ed era salita di volata in camera sua. Aveva spalancato la finestra e si era messa a guardare con crescente agonia la casa di Paul. Doveva esserci lei là dentro insieme a lui, non un'altra. Era rimasta ferma impalata per ore, immaginando cosa stesse succedendo dietro a quelle finestre con i pannelli a piombo e le tende tirate. Stavano ridendo di lei? La stava baciando? Peggio ancora, stava forse per essere mollata?

Da allora, non aveva pensato ad altro. E a peggiorare tutto c'era stato il fine settimana in cui i suoi tentativi di vederlo erano andati in fumo, perché il venerdí sera tutta la famiglia era saltata in macchina ed era scomparsa con una roulotte al seguito.

— Be', almeno cosí non si vedranno — era stato il commento di Tansy quando Holly l'aveva chiamata per domandarle se davvero si potesse morire di crepacuore. — E alla fine probabilmente gli sarai mancata da matti.

— Piú probabile che gli sia mancata l'altra — si era lamentata Holly. — Non mi ha neppure telefonato.

— I ragazzi sono fatti cosí — aveva replicato la saggia Tansy. — Difettano di facoltà comunicative.

— Be', sembrava che con lei, in fatto di comunicazione, se la cavasse piuttosto bene — aveva ribattuto Holly. — Magari gli metto un biglietto sotto la porta, cosí quando torna...

— Assolutamente no! — era esplosa Tansy all'altro capo del telefono. — Devi essere gelida. Dimostragli che non ti importa niente di quello che fa.

— Ma non è vero! — aveva protestato Holly quasi in lacrime.

— Lo so, ma Paul è l'ultima persona che dovrà saperlo — ribadí Tansy. — Ti serve una strategia.

Ecco come, nonostante le frequenti interruzioni di sua madre che non capiva perché la figlia dovesse stare mezz'ora incollata al telefono quando c'erano i compiti di biologia che l'aspettavano, avevano architettato l'idea del muretto.

— Ma non funzionerà, a meno che tu non appaia fredda e distaccata — l'aveva avvertita Tansy in tono risoluto. — E se ti domanda come hai trascorso il fine settimana, chiudi gli occhi, abbracciati e di' con voce suadente: "Alla grande."

— Ma perché?

— Perché, stupida che non sei altro, diventerà subito geloso e si chiederà cosa avrai combinato senza di lui. E questo vorrà dire...

Cosa volesse dire, Holly non fece in tempo a scoprirlo perché sua madre, la cui infinita pazienza era arrivata al limite, le aveva strappato la cornetta di mano e aveva cominciato a farle una lunga predica, dicendole che l'energia che investiva pensando ai ragazzi avrebbe fatto meglio a investirla sui compiti. Cosa smisuratamente ingiusta. Pareva che sua madre non capisse che Holly non poteva proprio concentrarsi sul ciclo vitale del rospo smeraldino, mentre una smorfiosa cercava di mettere le mani sul suo ragazzo. Avere una madre vecchia aveva questo lato negativo: il cervello le andava in malora prima che fossi cresciuta.

Sarebbe stato bellissimo, pensò a questo punto Holly, applicandosi con mano sapiente il contorno labbra color Corallo Carismatico, avere una madre che capiva le priorità. Se Angela Vine non avesse passato tutto il tempo a scrivere ai giornali, a fornire consulenza a donne di cattiva reputazione e a organizzare cortei di protesta, forse avrebbe anche pensato a invitare la madre di Paul a prendere un caffè. A quel punto, la mamma di Paul avrebbe ricambiato l'invito e in men che non si dica le due famiglie avrebbero preso a frequentarsi, Holly e Paul si sarebbero visti ogni giorno e...

Ecco! Dipendeva tutto da sua madre. Bisognava farle notare che era un suo preciso dovere morale e sociale mostrarsi cordiale verso i nuovi vicini. Altro che dipingere l'asilo del Lowdown Centre o accompagnare pullman zeppi di marmocchi a Clacton! Era ora che Angela Vine si desse da fare in casa propria. Per di piú, se fosse riuscita a farla ragionare subito, Holly sarebbe potuta andare dai vicini con l'invito di sua madre prima che Paul uscisse per andare a scuola. Non c'era tempo da perdere.

Scese le scale di corsa, raccogliendo i capelli color noce moscata con un fermaglio nero, e spinse la porta della cucina, inciampando quasi in Naseby, il gatto birmano di suo padre, che aveva messo il broncio perché da quando Rupert Vine era in America per un ciclo di conferenze nessuno in casa era disposto a dargli salmone e panna per colazione. La madre di Holly, che se fosse stata una genitrice normale avrebbe fatto cose da madre, tipo bollire un uovo o imburrare un toast, era inginocchiata nel bel mezzo della cucina, circondata da pezzi di cartoncino bianco. Della colazione neanche a parlarne.

— Oh, Holly, tesoro! Eccoti qua, grazie al cielo. Vuoi mettere su il caffè, per favore?

Angela Vine faticò a rimettersi dritta, si passò distrattamente le dita fra i capelli che stavano ingrigendo e guardò il pavimento coperto di carte.

— Non va bene. Manca qualcosa — disse,

mentre Holly caricava la caffettiera. — Tesoro, alzati la camicetta, per cortesia.

— *Cosa* devo fare?

— Voglio contarti le costole, tesoro. Per il mio scheletro.

Holly sbatté la caffettiera sul fornello e si accasciò sulla sedia piú vicina.

— Mamma, ti dispiacerebbe dirmi cosa stai facendo? Cos'è tutta questa roba sul pavimento?

— Sto facendo uno scheletro. Solo che non mi viene come dico io. Tira su la camicetta, Holly, tesoro! — disse, allungando una mano verso il maglioncino della figlia.

— Stammi lontana! — esclamò bruscamente Holly. — Contati le tue, di costole.

— Magari potessi — sospirò sua madre. — Con tutta questa ciccia da cinquantenne è impossibile trovarle, temo. Non voglio essere invadente, cara, ma devo terminare questa roba prima del sit-in.

Holly rimase sconcertata.

— Oh, no. Non vorrai mica dirmi che anche questa volta ti metterai in ridicolo in pubblico? — le chiese in tono implorante. — Non pensi di avere già fatto abbastanza?

Il terrificante ricordo di sua madre vestita da coniglietta bianca che veniva arrestata dalla polizia era ancora troppo vivido per non sentirsi a disagio.

— Holly, è proprio questo tipo di atteggiamento che ha fatto finire il paese nei guai in cui siamo oggi — disse sua madre furibonda, mentre si versava il caffè. — Lo sai che forse dovranno chiudere il pronto soccorso dell'ospedale di Dunchester? Dove sarebbe il piede di tuo padre se non ci fosse stato il pronto soccorso?

— In fondo alla gamba come sempre, suppongo — bofonchiò Holly ispezionando l'interno di una scatola di fiocchi d'avena e scoprendo che era vuoto. L'incontro di suo padre con la punta di una picca durante la ricostruzione storica della Battaglia di Dunchester del 1642 alcune settimane prima era un altro ricordo che Holly preferiva cancellare.

— Non fare la superficiale, Holly — l'ammoní sua madre. — Ha ancora un sacco di dolori. Comunque sia, questi tagli finanziari sono oltraggiosi. È in momenti come questo che preferirei essere entrata in politica anziché...

— Anziché avere me, vuoi dire? — chiese bruscamente Holly, mentre tirava fuori un panino dal portapane e controllava se non fosse ammuffito. — Mi dispiace tanto di essere nata proprio quando stavi per venire eletta. Mi dispiace di averti fatta pentire, di averti rovinato i piani...

Sua madre l'abbracciò forte.

— Non intendevo nulla di tutto questo e tu lo sai bene — disse. — Non ti cambierei con nulla al mondo. È solo che al governo ci vuole gente come me.

Angela Vine aveva molte qualità, ma non la modestia.

— Questo pane è stantio — annunciò Holly, desiderando che le abilità casalinghe di sua madre fossero pari a quelle politiche.

— Mangia le fette biscottate — le disse sua madre.

— Stupendo!

— Comunque — continuò la signora Vine in tono vivace, ignorando il bisogno di alimentarsi di sua figlia — stiamo organizzando un sit-in e ho pensato di portare un enorme scheletro e di appenderlo all'entrata. Con uno slogan, sai, tesoro, qualcosa tipo: "Rimpolpate il servizio sanitario". Piuttosto efficace, non trovi?

Holly ritenne inutile rispondere.

— Sentimi bene, mamma, prima di andare credo proprio che dovresti passare dalla mamma di Paul. Cioè, niente da ridire sulla storia di ospedali e sit-in, ma sei la loro vicina, in fin dei conti, e dovresti...

— Holly! — Sua madre si voltò e la strinse in un abbraccio travolgente. — Tesoro! Sei una stella! Come ho fatto a non pensarci io? Ma certo! Deannie Bennett! Oh, alleluia!

"Sono arrivata troppo tardi" pensò Holly, mentre sua madre attraversava la cucina a passi di danza e spalancava il frigorifero. "Mia madre è impazzita."

— Potrebbe essere la risposta a tutte le mie preghiere — dichiarò Angela, rompendo a grande velocità delle uova nella padella. — Lei riuscirebbe a farne uno in cinque minuti, o no?

Un atroce dubbio si insinuò nella mente di Holly.

— Fare cosa?
— Uno scheletro, tesoro — disse sua madre buttando del bacon sopra le uova. — Sei stata bravissima. Chi meglio di un'insegnante di disegno?
— Non era quello che... — Holly aprí la bocca per protestare, poi rifletté un attimo e la richiuse subito. Aveva dimenticato che la madre di Paul insegnava disegno alla scuola serale. Il pensiero di sua madre che si precipitava dai vicini e cominciava a farneticare di cortei e scheletri non era esattamente ciò che intendeva. Non avrebbe portato acqua al suo mulino se la signora Bennett si fosse resa conto che suo figlio usciva con la figlia di una squilibrata. D'altro canto, però, era comunque un inizio. E se non altro Holly avrebbe avuto una scusa per farci un salto piú tardi, quanto meno per scusarsi del comportamento di sua madre. E pareva che, dopotutto, la colazione cominciasse a materializzarsi.
— Ti comporterai come si deve, vero? — chiese seria alla madre. — Cioè, non comincerai a fare la presuntuosa, mettendoti a pontificare di politica e roba del genere? E non azzardarti a parlare di me, intesi? E giurami che non farai nulla di imbarazzante.
— Oh, Holly — sospirò sua madre girando un uovo nel tegamino. — Quando mai? Mi comporterò in modo naturale come mio solito.
— Appunto — disse Holly. — È proprio questo che mi preoccupa.

Ore 7.45. Nella cucina di 3 Plough Cottages, Cattle Hill, West Green, Dunchester

"Sarebbe bello" pensò Tansy Meadows tirando fuori dal frigorifero quello che sembrava un pacchetto di alghe putrefatte e appropriandosi dell'ultimo yogurt "avere un genitore che non fosse costante fonte di preoccupazione." Naturalmente, la possibilità che questo si verificasse sarebbe stata doppia se i genitori li avesse avuti tutti e due, ma dal momento che suo padre aveva pensato bene di scomparire nel nulla subito dopo averla concepita, lei non aveva modo di sapere come stesse quanto a cervello. "Ma" continuò a pensare, aprendo lo yogurt "il cervello l'avrò pur ereditato da qualcuno" e a giudicare dallo spettacolo che aveva sotto gli occhi, non doveva trattarsi di sua madre.

— Eccoti, tesoruccio mio — stava dicendo Clarity in tono smanceroso. — Accoccolati qui e in men che non si dica ti preparo un bel lettuccio caldo.

Tansy alzò gli occhi al cielo e fece un gran sospiro.

— Mamma — disse con una gran pazienza — mi pare già troppo fare colazione in piedi perché hai occupato il tavolo con l'intero contenuto di una serra, ma devo pure stare a sentire le conversazioni che intrattieni con le sementi? C'è chi è stato rinchiuso in manicomio per molto meno.

Sua madre si passò una mano sporca di concime fra i capelli ricci ramati e guardò Tansy con espressione seria.

— No, tesoro. È scientificamente provato: le piante amano sentirsi parlare. Nei test di laboratorio, quelle tenute in silenzio crescono piú lentamente di quelle alle quale viene rivolta la parola. Ha a che fare con l'energia cinetica.

— In tal caso — disse Tansy — visto che non stai zitta un attimo, io dovrei essere alta due metri. Invece sono la nanerottola della classe.

— Non credo — disse sua madre convinta — che questo principio valga anche per gli esseri umani.

Spostò la cassetta con le sementi verso il bordo del tavolo e sospirò.

— Però mi piacerebbe che funzionasse con i soldi. — Prese in mano un fascio di carte. — Guarda che mucchio di bollette!

Tansy diede una sbirciata sopra la spalla di sua madre.

— Mamma! Ma questo è un ultimo avviso. E questo pure! Se non paghi, ci staccano tutto. I miei amici telefoneranno e lo verranno a sapere! Che vergogna!

Sua madre si alzò in piedi e raccolse le carte, quindi disse in tono spensierato: — Non c'è da preoccuparsi, tesoro! Piú tardi passa Laurence e sistema tutto.

"Questa notizia" pensò Tansy "non mi tranquillizza di certo." Laurence Murrin era il fidanzato di sua madre, un imbranato totale che oltre a essere un disastro ambulante quanto a vestiti, si considerava un'autorità mondiale su qualunque cosa, ed era insopportabile.

Di solito, non appena Laurence faceva la sua comparsa, lei andava a casa di Andy, il suo ragazzo. Ma Andy era in gita e lei ne sentiva terribilmente la mancanza. Soprattutto perché non poteva fornirle la scusa per evitare l'orrido Laurence.

— Non dovresti permettere che Laurence interferisca con le tue finanze — disse Tansy in tono compassato. — Non sono affari che lo riguardano.

— Non essere sciocca, tesoro — ribatté sua madre, gettando le bollette in cima al frigorifero. — Lui è di grande aiuto. Inoltre, ha un paio di idee per farci risparmiare.

— *Farci?* — chiese Tansy. — Visto che finanziariamente sono la piú disgraziata della classe, non vedo proprio come potrei subire altri tagli.

— Be', a dire il vero, tesoro, Laurence suggeriva...

— Posso immaginarmelo — la interruppe Tansy. — Laurence suggeriva di non comprarmi piú nuovi vestiti e cosmetici e di non mandarmi in discoteca, perché i giovani d'oggi non si accontentano mai! Che noia!

Clarity sospirò.

— Lascia stare — disse. — Ne riparleremo poi. Adesso prendi le tue cose. Ti do un passaggio fino a casa di Holly. Oggi comincio a sistemare il loro giardino.

Tansy si accigliò. — Ma, mamma, piove.

Clarity guardò fuori dalla finestra meravigliata.

— È vero — osservò calma. — Nessun problema. Rivedo il progetto con Angela e lascio le piante. Vado a caricare il furgone.

— Io vado a piedi — si affrettò a dire Tansy. — Oggi Holly esce prima. — Essere poveri in privato era una cosa, ma pubblicizzarlo al mondo intero facendosi scorrazzare in giro a bordo del disonorevole furgone con COLTIVAZIONI CLARITY scribacchiato sul lato era tutta un'altra cosa. Quanto avrebbe voluto che sua madre facesse un lavoro piú elegante! Essere una progettista del paesaggio non solo voleva dire vederla sfrecciare per la città in salopette scolorite e stivali di gomma che puzzavano di concime, ma anche dividere il posto in macchina con cassette di sementi e un paio di annaffiatoi.

— No, tesoro, devi assolutamente venire con me. Devi spingere — disse Clarity prendendo una decrepita giacca impermeabile dall'appendiabiti dietro la porta.

— SPINGERE! — protestò vivacemente Tansy passandosi le dita tra i capelli biondo sabbia ribelli. — Se credi che mi metta a spingere quel rottame per tutto il tragitto…

— Non per tutto il tragitto, stupidina — disse sua madre aprendo la porta di servizio e infilandosi un paio di stivalacci infangati.

— Mi serve solo una spinta per partire; mi si sta scaricando la batteria. Questione di un secondo.

Ore 8.15. Dopo una lunga serie di secondi

— Mamma, che vergogna! — Tansy chiuse gli occhi come per cancellare lo strombazzare dei clacson delle auto dietro di loro. — Perché non puoi farti una macchina decente come tutti?

— Perché le macchine decenti, come dici tu, costano! — ribatté sua madre. — Si metterà subito in moto, non farti prendere dal panico! E adesso, spingi!

— Sto spingendo piú che posso — gridò Tansy, scostandosi una ciocca di capelli sudaticci dagli occhi. — Andrebbe meglio se non avessi caricato tutta questa robaccia.

— Non è robaccia! — Una voce profonda rimbombò nell'orecchio sinistro di Tansy. — Questo, se non vado errato, è un magnifico esemplare di *Campanula pyramidalis*.

Due mani protette da un paio di guanti immacolati afferrarono il retro del furgone.

— Lascia che ci pensi io!

Tansy si voltò e si trovò davanti un uomo alto e snello dai capelli grigi, che guardava il contenuto del furgone con la stessa ammirazione che Tansy riversava sulle pagine delle ragazze copertina della sua rivista preferita.

— Grazie — disse con un filo di voce. Quindi lo osservò piú attentamente. Il cappotto corto che indossava era sicuramente di cashmere, mentre la sciarpa che portava al collo era di quelle che si vedevano addosso ai divi dei film in bianco e nero che facevano tanto piangere sua madre. Nonostante il tempo da cani, portava scarpe di cuoio marrone lucidissime, e la piega dei pantaloni era impeccabile. Non sembrava il tipo d'uomo che si sporcasse le mani con la terra, figuriamoci poi se era di quelli che si mettevano a spingere furgoni sotto la pioggia.

— Tansy, è inutile! — disse Clarity saltando giú dal furgone e sbattendo la portiera. — Dobbiamo semplicemente... Oh!

Il tizio raddrizzò la schiena e le porse la mano.

— Jonathan Pitt-Warren — disse con un sorriso che metteva in mostra due file simmetriche di denti candidi.

Clarity si pulí la mano sulla salopette e gliela strinse. Tansy si sentí morire di vergogna quando si accorse che sua madre aveva lasciato una macchia di fango su un dito del guanto destro dell uomo.

— Clarity Meadows.

— Che stupenda selezione di piante, signora Meadows. Questa è una *Campanula*, dico bene?

Clarity annuí con grande entusiasmo.

— Dice benissimo. L'ho seminata io per una cliente.

— E in quel vaso... non c'è forse una *Lathyrus latifolia*?

Clarity sorrise radiosa.

— Esatto! È un rampicante meraviglioso, a patto che ci si ricordi di...

Tansy perse la pazienza. — Mamma! Vuoi smetterla di giocare al pollice verde e cominciare a darti da fare con questo rottame? Sto facendo tardi a scuola.

Il signor Pitt-Warren sollevò le sottilissime sopracciglia.

— Un'adolescente che desidera andare a scuola? Adesso sí che *parliamo* di esemplari rari! Be', non dobbiamo farti perdere tempo, allora.

Si tolse i guanti e se li mise in tasca.

— Dunque — continuò brioso. — Cavetti di collegamento.

— Come, scusi? — chiese Clarity, che di orticoltura sapeva molto, ma del funzionamento dei motori assolutamente nulla.

— È la batteria. Si stava scaricando e i fanali e i tergicristalli accesi hanno fatto il resto. È a terra. Gliela ricarico con la mia.

Fece un cenno in direzione di una Mercedes coupé argentata ferma sul ciglio della strada. "Quest'uomo" pensò Tansy, con crescente interesse "è veramente ricco." E notò anche che la mano senza guanto era sprovvista di fede. Cosa molto interessante.

— Non credo di avere i cavetti — disse Clarity in tono vago e guardandosi alle spalle, quasi sperando di vederli materializzare improvvisamente fra gli annaffiatoi.

— Allora bisognerà metterla in moto a spinta — dichiarò il signor Pitt-Warren apparentemente indifferente alla sua disorganizzazione. — Sta costituendo un pericolo per il traffico.

"Mica è una novità" pensò Tansy mentre sua madre risaliva sul furgone.

Lui piegò le spalle e spinse con forza. Niente! Ci provò di nuovo. Niente.

Si avvicinò alla portiera e sbirciò attraverso il finestrino.

— Forse — suggerí con un sorriso ironico — se togliesse il freno a mano, andrebbe meglio.

— Ah — fece Clarity.

"Mia madre" pensò Tansy "non è in grado di andare in giro da sola. Può dunque sorprendere il fatto che non si ricordi chi è mio padre?"

Jonathan spinse il furgone, che scivolò docile in avanti, tossí, scoppiettò, tossí di nuovo e finalmente si mise in moto.

— Fantastico! — gridò Clarity sventolando un braccio fuori dal finestrino. — Svelta, Tansy, sali prima che questo maledetto coso ricominci a fare le bizze. Grazie per il suo aiuto, signor Warren.

— Pitt-Warren — bisbigliò Tansy, salendo sul furgone.

— Prima che vada — disse l'uomo. — Potrei avere il suo biglietto da visita? Mi piacerebbe molto parlare con lei di piante.

Clarity aggrottò la fronte.

— Non ho biglietti, ma tenga uno di questi. — Prese dal vano del cruscotto un opuscolo piuttosto stropicciato e sporco. Il signor Pitt-Warren lo guardò con interesse.

— Ottimo! — disse estraendo un portabiglietti da visita d'argento dalla tasca interna della giacca. Prelevò un biglietto color crema con dei caratteri dorati e lo porse a Clarity.

— Ecco il mio. Ho appena acquistato una nuova casa e vorrei fare qualcosa di diverso con il giardino. Lei potrebbe essere la persona che fa al caso mio.

— Okay — disse Clarity mettendo il biglietto da visita sul cruscotto. — Ora devo scappare! Grazie di nuovo!

Fece un cenno distratto con la mano, quindi mise la prima e si immise nella carreggiata.

— Mamma! — esplose Tansy allacciandosi la cintura di sicurezza e prendendo il biglietto. — Cosa vuoi dire con «Okay, ora devo scappare»? Questa potrebbe essere la tua grande occasione. Quel tizio è straricco, forse spenderà cifre spropositate per sistemare il giardino, e comunque sia, com'è che tu non hai dei veri biglietti da visita al posto di questi orribili...

— Tansy — la interruppe sua madre mentre svoltavano in Weston Way. — I biglietti da visita non mi servono! Io lavoro da sola, non sono una ditta a cui uomini ricchi danno l'incarico di riprogettare acri del loro paesaggio. Voleva solo essere cortese.

— E invece no. Era molto colpito dalla tua campi-come-si-chiama. Ehi, senti qua! — Guardò il biglietto. — *Jonathan Pitt-Warren, Direttore, PW Leisure, Inc., The Manor, Great Massingham, Dunchestershire.*

Clarity fece grattare le marce mostrandosi del tutto disinteressata.

"È un vero handicap avere una madre priva di ambizioni" pensò Tansy.

— Non capisci — disse, decisa a svelare a sua madre il potenziale che era in lei — che se ottieni un lavoro dal signor Pitt-Warren, potremmo permetterci di vivere in un posto come questo?

Mentre si avvicinavano alla vecchia dimora coperta di rampicanti, guardò con invidia le enormi finestre e l'ampio vialetto di ghiaia.

— Io non voglio vivere in una casa come questa — ribatté Clarity spalancando la portiera del furgone. — Cosa c'è che non va nel nostro piccolo cottage?

— A parte le porte che non si chiudono e le assi del pavimento che scricchiolano e la caldaia che fa le bizze e...

Si interruppe, sorpresa di vedere Holly che scendeva di corsa i gradini con l'ombrello in una mano e lo zaino in spalla.

— Buongiorno, signora Meadows! Ciao, Tansy!

— Ehi, com'è che sei ancora qui? — le domandò Tansy saltando giú dal furgone. — Non dovresti essere già fuori a rimorchiare Paul?

— Piove — disse Holly. — Non si può rimorchiare con la pioggia.

Tansy scosse la testa e sospirò.

— Sono circondata da disfattisti — dichiarò lanciando un'occhiata a sua madre che scaricava le piante. — Tutti in cerca di scuse pur di non darsi da fare. Questo Paul, lo vuoi o non lo vuoi?

— Oh, lo voglio — ribadí Holly. — Non preoccuparti, ho tutto sotto controllo.

— Davvero?

Holly fece di sí con la testa e annunciò: — Ci penserà la mamma.

— Lasci che sia tua *madre* a organizzarti la vita *amorosa*? — domandò Tansy incredula.

Era vero che in fatto di normalità la signora Vine era miglia e miglia avanti rispetto a sua madre, ma questo era veramente troppo.

— Non esattamente, ma...

— Dov'*è* tua madre, Holly? — le domandò Clarity guardandola da sopra un'enorme pianta di alloro che si teneva stretta sul grosso seno.

— In cucina con uno scheletro — rispose Holly con un sorriso.

— Bene — disse Clarity, come se si trattasse della compagnia piú normale del mondo per un lunedí mattina. — Ragazze, voi andate. Io vado sul retro e la trovo da me.

— Holly, hai veramente detto cosa credo tu abbia appena detto? — domandò Tansy avviandosi sul vialetto coperto di ghiaia.

— A proposito di Paul? Certo che lo voglio...

— No, a proposito di tua madre in cucina con uno scheletro...

— Sí, be', ma solo mezzo. Chiederà alla mamma di Paul di pensare all'altra metà, ed è cosí che riconquisterò Paul.

Tansy si fermò, fissò Holly, sospirò e riprese a camminare.

— Sai — disse — è magnifico avere un'amica come te.

Holly fece una faccia arcicontenta.

— Grazie — disse. — E per quale ragione in particolare?

— Perché mi fa capire che esistono famiglie ancora piú squinternate della mia.

Ore 8.10. Terapia vocale

Il problema di uscire di casa di corsa alle sette e mezzo, pensò Cleo percorrendo Weston Way e cantando sottovoce, era quello di essersi lasciata una montagna di rogne alle spalle e di ritrovarsene subito un'altra. Andare in giro senza nessuno con cui parlare le aveva fatto tornare in mente brandelli del sogno. Metà della sua mente voleva dimenticarlo, ma l'altra metà continuava a rincorrerne le immagini già sfocate, come per cercare di rievocare qualcosa che avrebbe dato senso a quell'incubo.

Si ricordava sempre la parte del sogno in cui lei era seduta in macchina, soprattutto quella in cui piangeva e batteva i pugni sul finestrino perché suo padre non voleva farle vedere i leoni. Erano allo zoo? In tal caso perché si ricordava di certe signore in abito lungo sedute all'ombra di un gigantesco albero? A parte questo, le uniche cose che rammentava erano lo scricchiolio e l'urlo. E poi, naturalmente, Lettie.

Lettie sdraiata a terra. Pallida. Immobile. Muta.

E tutto per colpa di ciò che lei, Cleo, aveva fatto.

Come al solito, i ricordi le facevano venire la nausea e non poteva pensarci troppo a lungo, motivo per cui aveva deciso di passare a prendere Trig e si era messa a cantare. Ogni volta che voleva trovare un po' di coraggio si metteva a cantare, e ultimamente lo faceva spesso. Sua madre amava raccontare alla gente che Cleo era un'anima felice, che cinguettava tutto il tempo, quando invece lei cantava solo per non pensare al fatto che felice non lo *era* neanche lontanamente. Ma dirlo agli altri non serviva a niente. Serviva solo a confonderli.

Cantare era una delle cose che le riuscivano meglio. Non come la matematica o il francese, dove bisognava faticare per comprendere i teoremi e la grammatica; per cantare non era necessario alzarsi in piedi davanti a tutta la classe e coprirsi di ridicolo leggendo un brano in francese con un accento raccapricciante. Quando cantava nel coro, riusciva a dimenticare di essere grassa e poco intelligente, riusciva a vedersi come una famosa cantante lirica sul palcoscenico della Royal Opera House, con il pubblico che applaudiva e la osannava e gettava mazzi di fiori ai suoi piedi.

Naturalmente quello era uno stupidissimo

sogno a occhi aperti, pensò, soprattutto per qualcuno che detestava essere guardata e che al coro si nascondeva sempre dietro Karina Fordyce. Karina cantava tutti gli assolo; Karina era alta e magra e possedeva ciò che la signorina Saffrey chiamava presenza scenica; Karina era l'unico motivo per cui la West Green era riuscita ad arrivare in finale per la prima volta.

Cleo fece un saltello di gioia. Non vedeva l'ora che arrivasse sabato. La West Green avrebbe ospitato la finale a cui partecipavano sei scuole diverse. Chissà cosa avrebbero cantato loro? Tutti i finalisti dovevano presentare un brano nuovo, qualcosa che non avessero mai cantato durante le eliminatorie. La signorina Saffrey era un'appassionata di melodie folk irlandesi, ma in cuor suo Cleo sperava in un gospel. Tempo prima ne aveva consigliato uno alla signorina Saffrey, che non lo aveva neanche preso in considerazione.

Cominciò a sentirsi meglio. Non avrebbe sprecato altro tempo preoccupandosi di quegli stupidi sogni. Si sarebbe sforzata al massimo per godersi quella settimana e per cercare di attirare l'attenzione di Trig. Socchiuse gli occhi e sporse le labbra, esercitandosi in una posa seducente.

Ore 8.20

Per la prima volta dopo tanto tempo, Jade Williams si sentiva bene. Questa sensazione di benessere era dovuta al fatto che stava andando a scuola con il braccio di Scott Hamill saldamente stretto intorno alla vita, e che lui l'aveva appena baciata davanti a Ella "Quanto-Mi-Piaccio" Hankinson, ancora stizzita perché l'aveva mollata per Jade.

"Può darsi" pensò Jade mentre veniva percorsa da un brivido provocato dalle dita di Scott "che le cose comincino finalmente a migliorare." Dopo la morte dei suoi genitori, aveva creduto di non poter essere mai piú felice. Anche dopo essersi messa con Scott, non è che tutto fosse filato liscio. Si erano addirittura lasciati una volta che Scott l'aveva accusata di essere troppo fanatica per trovarsi bene con la sua numerosissima famiglia. Ma poi si erano chiariti e lei aveva deciso che fra loro non ci sarebbero stati piú malintesi.

— Sono felice che stiamo ancora insieme — disse Jade stringendogli la mano.

— Anch'io — fece lui. — Non potrei sopportare l'idea di perdere altri amici.

Jade aggrottò la fronte. — Cosa intendi dire?

Scott alzò le spalle. — Ultimamente Trig è molto scostante. Praticamente non mi rivolge piú la parola e non passa piú a casa mia — rispose con un sospiro. — Pensi che sia per via della mia famiglia? Cioè, lo so che fanno un po'... be', un po' di baccano.

Jade scosse la testa.

— Ma no — disse. — E, visto che stiamo parlando della tua famiglia, credo che sia giunto il momento di conoscerli meglio. Posso venire da voi il prossimo fine settimana?

Scott si voltò a guardarla e le sorrise.
— Sarà fantastico — disse. — Sai una cosa?
— Cosa? — domandò Jade sperando che non volesse invitare anche una masnada di cugini.
— Ti amo.
Le ginocchia di Jade si fecero molli molli e sentí di poter affrontare tranquillamente l'intera popolazione di Dunchester.

Ore 8.45. Un inizio settimana non certo noioso

— Ci risiamo — disse Holly attraversando la strada al fianco di Tansy e dirigendosi verso la scuola. — Chiunque abbia avuto l'idea di far iniziare il lunedí con due ore di geografia ha sicuramente una mente malata... Ehi! Che hanno tutti quanti?
Il marciapiede era pieno di studenti della West Green che varcavano il portone chiacchierando e gesticolando, mentre il signor Grubb e la signorina Saffrey agitavano le braccia e si davano arie di grande importanza.
— Andate in classe e comportatevi normalmente! — La voce di Scarafaggio risuonò sopra le loro teste. — Sta arrivando la polizia.
— La polizia? — chiesero in coro Tansy e Holly.
Varcarono anche loro il portone e si fermarono sbigottite. Tre delle cinque finestre dell'aula magna erano state rotte. Sul prato c'erano grosse schegge di vetro, e sul muro vicino

all'ingresso principale erano dipinti in rosa shocking un teschio con due ossa incrociate e alcune parole che il signor Halfpenny, il custode della scuola, stava rapidamente cancellando con la vernice bianca.

— Che è successo? — domandò Tansy al signor Grubb.

— Vandali — rispose quello a denti stretti. — Degenerati, imbecilli, irresponsabili...

La signorina Saffrey gli mise una mano sul braccio per frenarlo, mentre il viso gli si faceva terreo.

— Che cosa orrenda! — esclamò Tansy disgustata.

— Adesso correte all'appello. Ci sarà un'assemblea straordinaria in palestra e le lezioni cominceranno in ritardo.

Holly guardò Tansy e disse: — Non tutti i mali vengono per nuocere.

Ore 8.50. Negli spogliatoi con un mucchio di gel per capelli

Jade era ferma davanti allo specchio degli spogliatoi a combattere la sua solita guerra con i capelli. Una guerra da cui era destinata a uscire sconfitta. Quanto avrebbe voluto non esserseli mai tagliati! Non avrebbe dovuto dare ascolto a sua cugina Allegra, insieme alla quale aveva la disgrazia di vivere e che possedeva la grazia di una tarantola arrabbiata, quando le aveva detto che con i capelli lunghi sembrava una scolaretta. In quel preciso momento, pensò, il look da scolaretta lo preferiva di gran lunga a quello di porcospino infuriato.

Disgustata, si tirò una ciocca di capelli. — Tanto ricrescono!

Jade si voltò e vide Cleo che le sorrideva. Era ancora piú pallida del solito, con due enormi borse sotto gli occhi nocciola.

— Magari! — Jade scaraventò la spazzola nell'armadietto e sbatté lo sportello. — Passato un bel week-end?

— Sí, grazie. Ottimo!

Jade non ci cascava. Era la risposta che davano tutti il lunedí mattina. Non aver trascorso un bel fine settimana significava senza ombra di dubbio che la tua vita era un mortorio.

— Hai un aspetto orribile — le disse in tono schietto. — Qualcosa non va? Non avrai mica litigato con Trig?

— Certo che no — rispose Cleo scuotendo la testa. — Sto bene. Sono solo andata a letto tardi. Tutto qua!

— Okay, allora — disse Jade, sapendo benissimo che non era andata cosí.

Non c'era niente che andasse bene, pensò Cleo. Proprio niente.

Ore 8.52. Un brutto quarto d'ora

— Ciao, Trig! — Cleo aprí la porta della classe e si sforzò di assumere un tono allegro e seducente.

— Oh, ciao. — Trig guardò nella sua direzione e risprofondò nel suo libro. Cleo ebbe un tuffo al cuore. Aveva cominciato a stancarsi di lei. Era evidente.

— Tutti ai vostri posti, prego. Il signor Boardman deve dirvi due parole. — La signorina Partridge batté le mani con zelo, quindi sorrise dolcemente e si sedette con un sorrisetto ebete, mentre il preside andava a mettersi davanti alla classe.

— Due parole — sussurrò Tansy, avvicinandosi furtivamente a Cleo, che fissava afflitta Trig. — Il giorno in cui il signor Boardman riuscirà a dire qualcosa in meno di dieci barbosissimi paragrafi, mi mangerò il cappello.

— Immagino — disse Holly scivolando su una sedia accanto a lei — che adesso ci toccherà il discorsetto «sono profondamente addolorato».

— Sono — disse il signor Boardman infilandosi i pollici sotto le ascelle e ondeggiando avanti e indietro — profondamente addolorato.

— Che vi avevo detto? — fece Holly.

— Avrete visto tutti i segni del deprecabile atto di vandalismo che è stato compiuto sul nostro edificio — attaccò. — Un atto ancor piú deplorevole in quanto impedirà alla scuola di ospitare le finali di *Voci Belle*.

Un mormorio attraversò la classe.

— Non solo hanno rotto i vetri, ma hanno sporcato pavimento e muri di vernice — continuò in tono molto serio. — Per fortuna, un automobilista di passaggio ha visto cosa stava succedendo e ha chiamato il 999.

Cleo sobbalzò.

«Chiama il 999, chiama il 999.» Ecco cosa aveva detto quella voce nel sogno. *«999, chiama il 999.»* Di chi era quella voce? Chiuse gli occhi e cercò di risentirla.

— Cleo — sussurrò Holly. — Stai bene? Sei diventava pallida.

Cleo si riscosse e rispose di sí con la testa.

— Benissimo, sono solo stanca; sono andata a letto tardi — rispose debolmente.

«Chiama il 999.» Ecco cosa diceva. C'era stata un'ambulanza. E un uomo alto diceva... cos'è che diceva?

«È questa la colpevole?»

E aveva guardato lei.

Quando si alzò e uscí dalla classe, non si accorse che tutti la stavano osservando. Anzi, non si era proprio accorta di averlo fatto finché non si ritrovò nel corridoio.

«La colpevole. La colpevole.»

Si appoggiò con la schiena al muro. I ricordi legati al sogno si stavano di nuovo affievolendo, ma non importava. Perché adesso lo sapeva per certo. Era stata tutta colpa sua.

— Cleo, stai male?

La signorina Partridge le stava accanto tutta agitata.

— No, no, sto bene — rispose nervosa. — Mi sento solo un po' debole, ecco tutto.

— Be', prenditela con calma oggi, tesoro — disse l'insegnante. — Vuoi che chiami tua madre per farti tornare a casa?

— No! — si affrettò a rispondere Cleo. In

questo momento, casa sua era l'ultimo posto dove desiderasse andare. A che scopo? Nessuno le diceva ciò che voleva sapere piú di ogni altra cosa.

Qui, almeno, avrebbe potuto continuare a fare finta di niente. Se ce l'avesse messa tutta.

Ore 10.30. Durante l'ora di geografia, senza prestare la minima attenzione alle industrie del bacino della Ruhr

Cleo era seduta in fondo alla classe con gli occhi fissi sulla nuca di Trig. Che ragazzo adorabile! Presto, però, l'avrebbe mollata e lei lo sapeva.

In quei giorni non si prendeva neanche la briga di rivolgerle la parola. Pensò che tanto valeva raggomitolarsi e morire.

— Cleopatra Greenway! — La voce del signor Grubb mise fine ai suoi pensieri. — Non credo che i tuoi voti in geografia ti consentano di dedicarti ai tuoi sogni a occhi aperti.

La classe si mise a sghignazzare.

— Te lo chiedo per la seconda volta. Quali sono le principali industrie del bacino della Ruhr?

Holly le bisbigliò qualcosa di incomprensibile.

— Sto aspettando — disse il signor Grubb con voce solenne.

Qualcosa scattò in Cleo.

— Me ne infischio! — esclamò.

Ore 11.00. Ricreazione nel cortile della scuola

— Be', non lo trovo affatto divertente! — Jade buttò la busta della merendina nel bidone della spazzatura e diede un morso al wafer. — Non è da Cleo comportarsi in quel modo. E ha un aspetto terribile. Immagino che le sia successo qualcosa di brutto.

Holly cercò di restare impassibile.

— È che la faccia di Scarafaggio era un tale spettacolo — disse. — Non riusciva neanche a dire "punizione", tant'era allibito.

— Per me è un bene — disse Tansy — che Cleo finalmente abbia messo su un po' di grinta.

— Ma dov'è finita? — chiese Holly, guardandosi intorno nel cortile della scuola.

— Forse a farsi fare una bella ramanzina da Scarafaggio — rispose Jade.

— O a sbaciucchiarsi con Trig — aggiunse Tansy.

Suonò la campanella. Le tre si dispersero.

Nell'ultimo gabinetto del bagno delle femmine, Cleo era seduta con la testa fra le mani e singhiozzava come se le si fosse spezzato il cuore.

Ore 12.30. A mensa

Lui era lí, seduto al tavolo d'angolo, intento a scribacchiare su un foglio di quaderno. Cleo batté il piede impaziente, sperando che la coda si sveltisse un po'.

— Che prendi, tesoro?

— La zuppa e un panino, per favore — farfugliò Cleo senza distogliere lo sguardo da Trig. In realtà avrebbe gradito di piú uno stufato di manzo, ma da quella parte la coda era ancora piú lunga. Afferrò un vassoio e agguantò le posate.

Si mosse tanto in fretta verso il tavolo di Trig che la zuppa di pomodoro le schizzò sulla gonna, ma non se ne curò.

— Ciao! Che fai? — chiese posando il vassoio accanto a quello di Trig e sbirciando il foglio sul quale stava scrivendo.

— Niente! — Trig afferrò il foglio e se lo cacciò in tasca.

— Sono i compiti?

— No... sí, sí. Avrei dovuto già consegnarli. Be', devo scappare. Ci vediamo.

Detto questo, si allontanò.

"Non si trattava dei compiti" pensò afflitta Tansy. "In tal caso, non avrebbe avuto tanta fretta di nasconderli."

"Si trattava di una lettera. Senza dubbio. Per un'altra."

"Non mi ama piú."

Spinse la scodella con la zuppa da una parte. Si sentiva troppo a terra per mangiare qualunque cosa, figuriamoci la zuppa della scuola.

Ore 13.00. Alle prove del coro

La signorina Saffrey batté la bacchetta sul leggio e sporse in fuori il suo enorme seno.

— Dunque, ragazzi — disse con voce tonante — ci troviamo di fronte a un dilemma. Non solo bisogna cercare una nuova sede per le finali, ma la povera piccola Karina si è presa la mononucleosi e non può fare gli assolo.

Un mormorio attraversò i cantanti. Tutti sapevano che Karina era la cocca della signorina Saffrey, ma povera e piccola non lo era di certo.

— Ma noi dobbiamo impegnarci con tutte le nostre forze! — disse radiosa. — Quindi, Cleo Greenway sarà la nostra nuova solista.

Cleo, che non aveva mai smesso di guardare Trig con la coda dell'occhio, desiderando che i maschi fossero schierati accanto alle soprano, per poco non cadde dalla pedana.

— Brava! — sussurrò Jade che era in piedi dietro di lei.

— Ma non posso! — esclamò Cleo con voce rotta. — Signorina Saffrey, non posso.

— Oh, non essere ridicola, Cleopatra! — ribatté quella. — Hai una voce stupenda, e un'eccellente varietà...

— ... e poi tutte le migliori cantanti sono grasse! — sussurrò qualcuno due file dietro Cleo.

Cleo si sentí avvampare. Questo le tolse ogni dubbio. D'accordo, forse cantava bene; ma non appena i riflettori si fossero accesi su di lei, tutti avrebbero cominciato a sghignazzare e lei non avrebbe saputo da che parte guardare e...

— La prego, signorina Saffrey...

— Basta cosí! — disse quella sfogliando lo

spartito. — Oliver Pritchard, naturalmente, sarà l'altro solista.

— Sorpresa, sorpresa! — bofonchiò Jade. Oliver era uno di quei ragazzi che sapeva fare assolutamente tutto e aveva pure un corpo da sballo. Purtroppo, si interessava piú ai computer e alla fisica che alle ragazze.

— Bene — continuò la signorina Saffrey. — Per le finali, ho scelto un brano piuttosto diverso dal solito. Qualcosa che scuoterà tutti e metterà in risalto la West Green. È sui fogli gialli: un gospel che Cleo ha portato alla mia attenzione. *Steal Away*.

Il morale di Cleo subí un'impennata. L'aveva scelta. La sua canzone preferita. Forse poteva farlo. Forse era un presagio. Dopotutto, non aveva giurato che sarebbe cambiata? Lasciandosi alle spalle la vecchia, timida Cleo? Questa era l'occasione per dimostrarlo.

La sua famiglia sarebbe rimasta a bocca aperta.

E Trig avrebbe visto che era una vincente.

Non appena cominciò la musica, sentí le spalle abbassarsi e i polmoni riempirsi d'aria. E cominciò a cantare.

Ore 16.20. Di nuovo al manicomio... oops, a casa

Cleo infilò con forza la chiave nella serratura della porta ed entrò.

— Tesoro! Eccoti qua. Che tempismo! —

Sua madre era davanti allo specchio dell'ingresso spruzzando nuvole di lacca per capelli in tutte le direzioni. — Devo scappare. Ho il lettino solare prenotato.

— Mamma, le lampade solari fanno male alla pelle...

— Oh, cara. Ti preoccupi di tutto! Devo avere un aspetto strepitoso per la pubblicità, non credi? Comunque, voglio che alle cinque e mezzo vai a prendere Lettie in piscina e che le prepari la cena. Oh, cerca di capire che cosa ha Portia. È tornata a casa nera.

— Sai che novità — fece Cleo. — Mamma, sai una cosa? Sono stata scelta per...

— Oh, a proposito, amore — la interruppe sua madre, agguantando la borsetta. — Poi vado direttamente alla riunione del circolo d'arte drammatica, quindi farò tardi. Assicurati che Lettie vada a letto in orario. E vedi se riesci a trovare Peaseblossom. Quel gattaccio è sparito di nuovo.

— Visto che ci sono — disse Cleo — vuoi anche che lavi i vetri delle finestre, che falci il prato e faccia nascere una pace duratura nell'Irlanda del Nord?

Sua madre fece una smorfia e aprí la porta di casa.

— Mamma, prima che tu vada, a proposito del festival...

— Splendido, tesoro, sono certa che sarà divertentissimo — cinguettò sua madre. — Ricordati cosa ti ho detto; so che posso contare su di te. *Au revoir!*

E la porta si chiuse.

"Oh, grandioso!" pensò Cleo. "Io sono buona solo a questo, vero? Fare, dare, cucinare? Perché qualche volta, tanto per cambiare, non fai affidamento su Portia?"

— Russell, ti odio! — La voce di sua sorella echeggiò per le scale. — Spero che marcisca all'inferno per sempre! Finché vivo, non ti rivolgerò mai piú la parola!

La voce di Portia aumentò in un crescendo. Al piano di sopra si sentí un gran botto, quando il telefono cadde sul pavimento, seguito da un lamento acuto e dalla porta del bagno che sbatteva.

No, forse su Portia era meglio non fare affidamento, pensò Cleo con un sospiro.

Ore 16.35

"Caspita!" pensò Tansy entrando dal cancelletto sul retro e infilandosi fra il furgone di sua madre e la macchina parcheggiata accanto. "*Lui* è qui."

Uno degli svantaggi legati al fatto che il fidanzato di sua madre lavorasse al Servizio Bibliotecario Scolastico era che si fermava sempre a fare un saluto ogni volta che era di strada per una consegna o per un ritiro in qualsiasi punto della contea. La cosa non avrebbe avuto nessuna importanza, se sua madre fosse stata in grado di comportarsi da persona adulta e responsabile, invece ogni volta che Laurence faceva la sua comparsa cominciava a fare la svenevole e continuava a baciargli il naso e a chiamarlo Laurielú, e questo bastava a farle venire la nausea.

— Vedi, cosí funzionerà benissimo! — La voce di Laurence aveva una nota di trionfo.

Tansy si sentí morire. Non solo era lí, ma sparpagliate sul tavolo della cucina c'erano tutte le bollette e le fatture.

— È sicuramente la soluzione piú facile — lo sentí dire mentre sbatteva la porta e puntava dritta sul frigorifero.

— Tansy, tesoro! Sei tornata! — Sua madre scattò in piedi con evidente sollievo. — Saluta Laurence!

— Ciao, Laurence — disse Tansy senza distogliere gli occhi dal formaggio che stava facendo a pezzi con un coltello.

— Vi lascio tranquille — disse Laurence a Clarity raccogliendo la montagna di carte. — Mi aspetto che darai il quadro della situazione a Tansy il prima possibile.

Tansy fece la faccia sorpresa e domandò: — Che quadro?

Clarity esitò.

— Si tratta di un grosso passo, Laurence...

— L'unico che abbia senso — dichiarò lui determinato, stampandole un bacio in fronte. — Fiorellino mio, devo scappare.

"Fiorellino?" pensò Tansy. "Che spavento!"

— Ma di che si tratta? — domandò, mentre Laurence usciva a marcia indietro dal cancello. — Altri tagli alle spese? Incrementare quelle tue cene a basso costo?

Sua madre aveva l'abitudine di raccogliere cose strane dalle siepi per farne una zuppa ogni volta che il direttore della banca si faceva scortese.

— No, tesoro — disse Clarity. — Niente di tutto questo. Laurence ha suggerito di vendere la casa.

Tansy sgranò gli occhi.

— Vendere la casa? E cercarne una come si deve? Con la moquette?

Forse, dopotutto, un grammo di cervello quell'uomo ce l'aveva.

— Non esattamente — disse sua madre evitando di incontrare il suo sguardo. — Laurence vuole che andiamo a vivere da lui.

Ore 16.45. Una madre sull'orlo della follia

Holly entrò in casa, si tolse la giacca e corse in cucina.

Sua madre era in piedi davanti al lavandino e stava versando del succo di mirtillo in un tubo di plastica.

— Ciao, mamma. Ce l'hai fatta?

— Ciao, tesoro. Be', quasi. — Prese l'estremità del tubo fra indice e pollice e lo sollevò controluce. — Pare vero, non trovi?

— E l'originale cosa sarebbe?

— Un vaso sanguigno! — esclamò sua madre vittoriosa.

— Mamma — disse Holly paziente — se stai ancora farneticando sulla storia dello scheletro, devo farti notare che gli scheletri non hanno vasi sanguigni.

— Lo so, stupidina! — gridò sua madre. — Questo è per lo striscione: HANNO SUCCHIATO IL SANGUE AL DUNCHESTER GENERAL. E poi, durante il corteo, facciamo gocciolare il succo. Magico, non ti pare?

— Folle, direi — replicò Holly. — E che ti ha detto la mamma di Paul? Non avrai mica parlato di me? Di cosa avete parlato? Le piaccio?

La madre di Holly posò la sua invenzione nel lavandino, si ripulí le mani su uno strofinaccio e si sedette al tavolo.

— Difficile sapere se le piaci oppure no, visto che non mi era stato permesso di fare il tuo nome — disse. — E comunque sia, non ci sono andata.

— NON CI SEI ANDATA! — protestò vivacemente Holly. — Cosa vuol dire?

— Tanto per cominciare, è passata Clarity e ci siamo divertite da morire a progettare il giardino giapponese: tulipani, mughetti, gigli, giacinti e una piccola fontana. Poi dovevo vedere Dilys Pugh, sai, quella simpatica signora dai capelli rossi che organizza l'unità esterna all'ospedale...

— Lascia stare l unità — ribatté Holly spazientita. — Comunque, se è amica tua, forse è fuori di testa pure lei. Avevi detto che saresti andata a trovare la signora Bennett per lo scheletro. È importante, mamma!

Sua madre si mostrò sorpresa.

— Sai, tesoro, trovo bello tutto questo tuo

entusiasmo per la questione dell'ospedale; credo che dovremmo lavorare insieme.

— MAMMA! Va' subito dalla signora Bennett e risolvi la questione! — le ordinò Holly. — Subito!

Angela alzò le mani in segno di resa.

— Okay, okay, vado.

In quel momento squillò il telefono della cucina.

— Rispondo io — disse Holly. — Sarà sicuramente per me. Tu intanto va' pure.

— Dunchester otto-sei-quattro-cinque... oh, ciao, Tansy!

Con un gesto indicò a sua madre la porta.

— Senti — disse Tansy in tono serio. — Mi è capitata una cosa terribile e tu devi aiutarmi. Credo che mia madre stia impazzendo.

— Stia? Allora tu hai ancora qualche possibilità — sospirò Holly. — La mia è già matta da legare. Che succede?

Tansy le raccontò tutto.

— La cosa — concordò Holly — è grave. Devi assolutamente parlarle, farla ragionare. Sii determinata. Fa' che ti ascolti.

— E quando succede mai con una madre? — domandò Tansy con un sospiro.

— C'è sempre una prima volta — disse Holly.

Ore 17.30. Angoscia fra sorelle

Cleo si fece largo fra le porte girevoli della piscina di West Green. Lettie stava aspettando vicino alla macchinetta delle bevande ed era evidente che aveva pianto.

— Ehi, Lettie, che succede? — Cleo le mise un braccio intorno alle spalle.

Il piú delle volte reputava sua sorella una gran rompiscatole, ma detestava vedere la gente infelice.

— Niente — rispose Lettie.

Cleo la guardò attentamente.

— Hai i capelli asciutti — disse. — E anche l'asciugamano. Non hai nuotato, vero?

Lettie esplose in lacrime.

— Ehi, va tutto bene — disse Cleo accompagnandola fuori. — Non è grave. Ma tu sei una nuotatrice fantastica; che è successo?

— Sempre la stessa cosa — replicò Lettie. — La gente mi guarda.

Cleo si morse il labbro.

— La gamba?

Lettie fece segno di sí con la testa.

— Le cicatrici — sussurrò.

«Le rimarranno le cicatrici per tutta la vita, per tutta la vita.» Un'immagine del sogno le balenò nella mente.

— E mi chiamano Piede di Granchio — disse. — Perché è dovuto succedere? Perché devo averlo proprio io questo piede strano? Io voglio portare le minigonne e non sempre i pantaloni.

Cleo venne sopraffatta dai soliti sensi di colpa.

— Ti ricordi dell'incidente? — le domandò sottovoce. — Cioè, tutto quello che è successo?

Lettie fece segno di no con la testa.

— No. La mamma mi ha detto che sono stata investita da una macchina che mi è passata sopra la gamba. Mi ricordo la macchina, era bianca...

L'immagine di un'automobile bianca con i sedili di pelle e un orologio sul cruscotto attraversò la mente di Cleo. Quella macchina la conosceva bene. Era la macchina del suo incubo.

— E poi mi ricordo di un grande letto e di una bambola che faceva la pipí — disse. — E un giorno ho chiesto dov'eri tu, e mamma mi ha risposto che non volevi venire a trovarmi. E io ero arrabbiata.

— Ti ha detto cosí?

Lettie annuí.

— Perché non sei venuta?

— Non me lo ricordo — rispose Cleo. — Ma vorrei tanto averlo potuto fare.

Ore 18.45. A cena - che tristezza

— Non riesco a credere a quello che dici! — Tansy scansò il piatto e fissò sua madre. — Come puoi solo pensare di andare a vivere con quel fesso!

Afferrò il bicchiere di Sprite e ne bevve un bel sorso per frenare le lacrime.

— Non è un fesso! — disse Clarity. — Io gli voglio molto bene.

— Non potresti volergli bene restando a casa tua?

— Pensa a tutti i soldi che risparmieremmo — si arrischiò a dire sua madre. — È davvero dura, sai, far quadrare i conti solo con i soldi che guadagno io. E considerato il tempo che io e Laurence passiamo insieme, a che serve pagare il riscaldamento di due case, pagare il mutuo di due case... sarebbe molto piú ragionevole fare cosí.

— Oh, ma davvero? — ribatté Tansy. — Perciò, immagino che la mia opinione non conti assolutamente niente.

— Ma certo, tesoro — disse sua madre. — Credevo che l'idea di una casa piú grande ti piacesse. Si trova a Oak Hill, sai...

— Non m'importerebbe nemmeno se si trovasse nei giardini di Buckingham Palace — gridò Tansy. — Questa è casa nostra.

Clarity sospirò.

— Stamattina — disse — non hai detto una sola parola carina su questa villetta. Stamattina volevi che io mirassi in alto. Ebbene, lo sto facendo.

— Laurence Murrin è il bersaglio sbagliato! Mamma, non puoi fare una cosa del genere. Mi metterò a consegnare i giornali. Non comprerò piú le mie riviste. Io...

Sua madre le mise una mano sul braccio.

— Ho detto a Laurence che non avrei preso nessuna decisione prima della fine della settimana — la rassicurò. — Non voglio fare niente di corsa. Mica sono tutta scema.

"Allora, forse" pensò Tansy mentre saliva in camera sua per fare i compiti "me l'hai solo fatto credere."

Ore 20.00. Passo falso paterno

"Per favore, rispondi" pregò fra sé Cleo con l'orecchio appiccicato alla cornetta. "Ti prego, papà, rispondi."

— Max Greenway! — Al suono della voce di suo padre, il morale di Cleo andò alle stelle.

— Ciao, papà. Sono io, Cleo!

— Cleo, tesoro. Ma che bello; sono proprio contento di sentirti. Ho una notizia da darti.

— Anch'io — disse Cleo eccitata. — Prima tu.

— Diventerò papà! — L'orgoglio nella voce di Max si poteva quasi toccare attraverso il filo del telefono.

— Ma lo sei già — osservò Cleo. — Tu... oh! Vuoi dire, Fleur...

— Sí, tesoro. Fleur è incinta! E indovina un po'? Saranno due gemelli!

Cleo aprí la bocca per dire qualcosa, ma non ne uscí fuori neanche una sillaba. Al posto delle tonsille aveva una specie di groppo, e le gambe le cominciarono a tremare.

— Cleo? Cleo, sei contenta, vero? Volevo dirlo prima a te, perché tu sei l'unica che ragioni in quella casa. La mia Cleo non è una che fa tante storie, eh? È una che usa la testa. — Fece una risatina nervosa.

Non mi sento affatto assennata e con la testa sulle spalle, voleva strillare. *E no, non sono affatto contenta. Da quanto te ne sei andato, ho desiderato che sentissi cosí tanto la mancanza di mamma da ritornare a casa, facendo fare armi e bagagli a Roy. Cosí saremmo di nuovo stati una famiglia felice. Ma adesso so che non accadrà mai.*

— Sí, papà, è fantastico — disse in tono piatto.

— Nasceranno ad aprile — annunciò lui — ed entrambi vogliamo due maschietti. Quanto a femmine sono piú che a posto.

"Oh, strepitoso" pensò Cleo. "Tante grazie."

— E adesso dimmi, tesoro, qual è la tua notizia?

— Sono stata scelta per cantare gli assolo alle finali di *Voci Belle* sabato prossimo — disse con tutto il suo entusiasmo, ormai raffreddato dalla rivelazione paterna.

— Magnifico! L'ho sempre saputo che avevi una voce straordinaria. Ti ricordi quando mi cantavi *Nella vecchia fattoria* seduta sulle mie ginocchia?

Nonostante tutto, Cleo fece un sorriso.

— Già solo che sbagliavo sempre le parole. Papà, ci verrai alle finali, vero? Per favore.

— Tua madre ci viene?

"Siamo alle solite" pensò Cleo. "È patetico che non vogliano trovarsi nella stessa stanza. Ne ho abbastanza di questa storia, e la nuova Cleo non sarà piú disposta a tollerarla."

— No — mentí. — Sarà impegnata sul set di una pubblicità per la televisione. E Roy prenderà parte a un torneo di golf — inventò prima della successiva, inevitabile domanda.

— Meraviglioso! — esclamò entusiasta suo

padre. — Ci saremo. Conta su di noi. E dove si farà?

Cleo gli raccontò degli atti vandalici.

— Perciò ti chiamo non appena saprò il nuovo posto, okay?

— Perfetto, tesoro — disse. — E ci pensi tu a dare la notizia dei bebè a tua madre e alle altre due, vero?

"Se proprio devo" pensò Cleo.

— Adesso devo andare. Sono alla ricerca di una casa. Non posso mica far crescere due gemelli su una chiatta.

— Papà, a proposito di case. Roy dice...

— Qualunque cosa dica Roy, di sicuro non vale la pena sprecarci tempo al telefono, facendo lievitare la bolletta. Devo andare, tesoro.

Dopodiché il telefono ammutolí.

MARTEDÍ

Ore 4.00. Ancora il sogno

La macchina si muoveva. Papà non era a bordo. Solo Cleo.

«Sto guidando» gridò. La faccia di papà davanti al finestrino. Papà che grida. I papà non gridano. Mai.

«Lettie, Lettie!» singhiozzava papà.

Alzati, Lettie.

«Come può aver fatto una cosa simile Cleo?»

— Aaaah! No, no, papà! — Di scatto Cleo si tirò su a sedere nel letto sudata come non mai, con il cuore che le batteva cosí forte che non riusciva nemmeno a respirare. Dimentica tutto, dimentica tutto. Accendi la luce. Invece, ricorda. Devi ricordare.

Papà c'era. Papà l'aveva tirata giú dalla macchina. La macchina si era mossa senza che dentro ci fosse nessuno. Nessuno tranne Cleo. Era stata lei. Era stata lei a investire Lettie.

Si portò il bicchiere d'acqua alle labbra con

le mani che le tremavano. Doveva essere stata colpa sua se la macchina si era mossa. Doveva aver tolto il freno a mano. Tutti avevano sempre detto che si era trattato di uno stupido incidente e che nessuno ne aveva colpa. Ma del resto non potevano dire altrimenti, o no? Ma sapeva che davano la colpa a lei; e questo era il motivo per cui Cleo doveva assecondare tutti e fare in modo che tutti fossero felici.

E, naturalmente, era per questo che suo padre se n'era andato di casa. Perché non sopportava di vedere ogni giorno la sua faccia, sapendo che Lettie era rimasta invalida per causa sua. Adesso i conti tornavano. Ed era per questo che suo padre voleva che i nascituri fossero maschi.

Perché cosí non gli avrebbero ricordato lei.

Si rigirò sulla pancia, si tappò la bocca con un fazzoletto e cominciò a singhiozzare.

Ore 7.05. Pene d'amore

Holly era nel bagno a tamponarsi gli occhi gonfi con un asciugamano bagnato nell'acqua fredda, sperando che in questo modo i segni del suo pianto disperato sparissero prima di arrivare a scuola.

— Ci hai messo un secolo! — aveva esclamato Holly la sera prima, quando sua madre era tornata dalla casa di Paul con le guance arrossate e uno stupido sorriso, che lasciavano intendere che non era tè ciò che aveva bevuto. — Allora, che è successo?

Sua madre l'aveva abbracciata.

— Notizie stupende! — disse entusiasta. — Non solo Deannie farà lo scheletro, ma mi accompagnerà pure alla manifestazione! È furiosa!

— E... — aveva cominciato a dire Holly studiandosi le unghie nel tentativo di apparire indifferente — Paul c'era?

— Paul? Oh, no, tesoro. Deannie ha detto che era uscito con Amy, la nuova ragazza che...

— Che significa uscito? Uscito dove?

La madre di Holly era stata colta alla sprovvista.

— Be', e che ne so io? Non ho mica chiesto il loro itinerario preciso. Deannie mi ha semplicemente detto che era un sollievo per lei che Paul fosse andato subito d'accordo con Amy, perché...

— Ah, ha detto questo? Sul serio? E immagino che tu te ne sia rimasta seduta senza aprire bocca. Be', grazie tante.

E sfrecciò in camera sua rifiutandosi di scendere per cena.

Praticamente non aveva chiuso occhio tutta la notte. Ogni volta che si appisolava, sognava Paul che baciava Amy e si risvegliava un attimo prima di stringere le mani intorno a quel collo di porcellana. E come osava la madre di Paul dichiararsi sollevata perché suo figlio usciva con un'altra e non con lei?

Doveva pur esserci il modo di riprenderselo. Doveva esserci assolutamente. Perché, in caso contrario, non sarebbe sopravvissuta.

Ore 7.45. Madri squinternate e visite importanti

— ... e poi, casa sua non ti piacerebbe, mamma. Sai bene che quelle scatole moderne non ti vanno a genio, e poi non siete sposati!

Tansy interruppe la sua ramanzina sulle interferenze di Laurence, mise la ciotola dei cereali nel lavello e aprí il rubinetto.

— Oh, tesoro. Al giorno d'oggi c'è un sacco di gente che convive e basta, e poi...

— Be', non mia madre! — sbottò Tansy inondando la ciotola di detersivo per piatti. — Davvero, mamma, i giornali continuano a dare la colpa del disfacimento della società agli adolescenti, quando invece è sempre colpa di madri come te.

— Come no — commentò seccamente Clarity. — Comunque sia, cos'è che tutti non fate altro che ripetermi? Che si tratta della mia vita, no? Parole sante.

Tansy stava per controbattere, quando suonarono alla porta.

— Apri tu — ordinò Clarity. — Io devo caricare il furgone.

Tansy fece un profondo sospiro, attraversò svelta il salotto e spalancò la porta. E rimase senza fiato.

Sulla soglia, con addosso un maglione inequivocabilmente italiano e una giacca di camoscio buttata con nonchalance sulla spalla, c'era Jonathan Pitt-Warren.

— Sono desolato di disturbare a quest'ora

del mattino — disse — ma mi chiedevo se fosse possibile parlare con tua madre.

— Certamente — disse Tansy, facendogli cenno di entrare. — Vado a chiamarla. Si accomodi... non su quella, si sono rotte le molle e si ritroverà il fil di ferro nel sed... Diciamo che è scomoda.

Gli indicò l'unica poltrona decente della stanza e corse a cercare sua madre in giardino.

— C'è il signor Pitt-Warren — bisbigliò — e desidera vederti. Subito.

Clarity raddrizzò la schiena e guardò l'orologio.

— Ma sto andando da Angela — disse. — Digli di ripassare.

— MAMMA! — esclamò Tansy. — Tu non sei normale. Credi forse che Rothschild si sia arricchito dicendo alla gente di ripassare? Adesso fila dentro e parlaci. Il furgone lo carico io.

Sua madre rientrò in casa a passi non troppo aggraziati. "Vorrà che lavori per lui" pensò Tansy. "Nessuno si presenta a casa della gente alle otto della mattina se non è una questione importante." Trascinò un paio di piccolissime conifere verso il furgone, caricò un paio di cassette di sementi e senza farsi sentire rientrò in casa.

— ... e, naturalmente, poi c'è il giardino con le vasche per la coltivazione delle piante acquatiche — le stava spiegando Jonathan. — L'hanno lasciato andare in malora, ma credo che ci siano ancora delle possibilità di salvarlo.

Tansy entrò nel salotto e Jonathan alzò lo sguardo.

— Sto cercando di convincere tua madre a occuparsi del mio pezzetto di terra — disse. — Credo che sia un po' titubante.

— Oh, sono certa che accetterà volentieri, vero mamma? — chiese Tansy in tono deciso. — Quando si tratta di giardini con le vasche per le piante acquatiche, fa magie.

— Tansy, io non ho mai...

— Sa cosa le dico? — disse il signor Pitt-Warren con grande interesse. — Perché non ceniamo insieme stasera e ne parliamo con tutta calma?

Si sporse verso Clarity e una zaffata di costosissimo dopobarba assalí le narici di Tansy.

— Oh, no. Non potrei proprio. Vede, ho già...

— Fantastico, accetta molto volentieri! — disse Tansy. — Non esce molto, sa. Non pensa che al lavoro!

Sembrava che Clarity avesse perso il dono della parola.

— L'accompagno alla porta, signor Pitt-Warren... — disse Tansy.

— Jonathan, ti prego.

— Jonathan — si corresse Tansy. — A che ora passi a prendere la mamma? Alle otto? Magnifico. Sono felicissima che lavori per te. Non troveresti nessuno piú bravo di lei!

Chiuse la porta e agguantò lo zainetto.

— Tansy! Come osi prendere in mano la situazione in quel modo? Come osi organizzare la mia vita! E cosa dico a Laurence a proposito di questa cena?

"Oh, bene. Allora ci va" pensò Tansy.

— Perché non gli dici di andarsi a…

— Tansy!

— Ciao, mamma!

Ore 7.55. Ambasciator non porta pena!

— Ieri sera ho parlato con papà — si arrischiò a dire Cleo a colazione. Era una di quelle rarissime giornate in cui si ritrovavano tutti insieme in cucina e, secondo lei, questo rendeva meno pericolosa la comunicazione della notizia. — E vuole che dica una cosa a tutti quanti.

"Come faccio?" si domandò.

— Il fatto è che — cominciò — Fleur…

— Non pronunciare il nome di quella donna in questa casa! — esclamò sua madre. — Non capirò mai cosa gli abbia fatto perdere la ragione tanto da andarsi a mettere con quell'oca!

— Tuo padre ha forse menzionato un assegno? — domandò Roy, seduto al tavolo a guardare con profondo dispiacere la bolletta del telefono.

— No, ma…

— Tipico! — Roy batté il pugno sul tavolo.

— Perché non mi ci hai fatto parlare? — domandò Lettie spalmando il miele su una fetta di pane tostato.

— E perché vorresti parlarci? — ribatté Portia.

— CHIUDETE IL BECCO, TUTTI QUANTI! — urlò Cleo. — Papà ha telefonato per dire che Fl... che aspettano due gemelli.

Ci fu un silenzio glaciale. Nessuno si mosse.

— Ad aprile. E sperano che siano maschi.

All'improvviso, nella cucina si scatenò il putiferio. Diana scaraventò in aria il suo toast che andò a cadere, dalla parte della marmellata, sui pantaloni di Roy.

— È crudele, troppo crudele per poterlo sopportare! — Scattò in piedi e schizzò fuori dalla cucina seguita da Roy, che bofonchiava qualcosa a proposito dell'irascibilità delle donne e del costo delle lavanderie.

— È una cosa assolutamente disgustosa! — gridò Portia spingendo la sedia indietro e scattando in piedi. — Alla sua età. Che squallore!

E anche lei sfrecciò fuori dalla stanza.

Lettie sedeva in silenzio con le spalle che le tremavano.

— Ehi, Lettie. È tutto a posto? — disse Cleo.

— Perché vuole altri bambini? — urlò.

Cleo si accigliò.

— Immagino che Fleur voglia dei figli suoi — suggerí.

— Lui diceva che la sua bambina ero io. E adesso ne vuole degli altri. Che non siano brutti e che corrano dritti.

«Potrebbe zoppicare.»

Un'altra eco dimenticata del suo sogno le pugnalò la coscienza.

— Vorrei che mi volesse bene, Cleo — sussurrò.

— Ma te ne vuole, davvero.

Lettie scosse la testa.

— E allora perché se n'è andato e ci ha lasciate?

Per colpa mia. Perché non sopportava di dovermi guardare dopo quello che ti ho fatto.

— Forza, Lets, dobbiamo andare a scuola.

Mentre era diretta a scuola, si ricordò di non avere ancora detto ai suoi di essere stata scelta come solista.

Ma non c'era fretta. Tanto aveva il sospetto che a nessuno sarebbe importato granché.

Ore 8.10. Sulla via della scuola

— Cosí, ho pensato che se accetta il lavoro di Jonathan e stanno ogni giorno uno appiccicato all'altra, alla fine potrebbero anche mettersi insieme e noi non dovremmo piú trasferirci da quello squilibrato di Laurence — disse Tansy a Holly piena di entusiasmo, mentre andavano a scuola. — Ehi, hai sentito almeno una parola di tutto quello che ti ho detto? — le domandò.

Holly sospirò.

— Scusa — disse. — È per via di Paul.

— Oh, sí — fece Tansy. — Ho dimenticato di chiedertelo. Hai scoperto niente?

— Anche troppo — rispose Holly imbronciata. — Paul esce con quella ragazza. Si chiama Amy e sua madre approva.

— Non c'è problema — disse Tansy.

— Che intendi dire con «non c'è problema»? — replicò seccamente Holly. — Tu dovresti essere mia amica, le mie sofferenze dovrebbero essere le tue...

— Ciò che intendevo dire — spiegò Tansy in tono paziente — è che sua madre non approverà a lungo, e lui non resterà a lungo con quella tizia. I genitori non approvano mai le ragazze sfacciate.

Holly ci rifletté su.

— Lo credi davvero?

— Ne sono sicura — disse Tansy. — È solo questione di tempo.

Ore 9.15. In preda all'entusiasmo

— Ho notizie assolutamente entusiasmanti — annunciò il signor Boardman, il preside, sorridendo benevolo agli studenti ammassati nella mensa per un'assemblea convocata all'ultimo minuto.

Tenendo presente che era tipo da entusiasmarsi per le nuove tapparelle nell'aula di scienze, nessuno gli prestò grande attenzione.

— Abbiamo un posto dove tenere le finali di *Voci Belle* — dichiarò. — E non un posto qualsiasi. I cori avranno l'onore di essere ospitati al Great Massingham Manor!

Un mormorio attraversò la stanza.

— Il Great Massingham Manor! È dove vive il signor Pitt-Warren! — esclamò Tansy dando di gomito a Holly. — Sai, il tizio di cui ti stavo parlando?

Holly sembrò molto colpita.

— Ci è stato dato il permesso di usare la splendida sala dei banchetti con la sua storica galleria di menestrelli. È una grande occasione per tutti voi.

"Chi se ne importa degli altri" pensò Tansy con il cervello che le galoppava. "Questa potrebbe essere la mia grande occasione." Il destino aveva messo Jonathan sul loro cammino e adesso stava a lei fare in modo che sua madre non mandasse tutto all'aria. Perché se il signor P-W si innamorava perdutamente di sua madre, si sarebbero salvate da quell'orrido Laurence e lei si sarebbe trovata sulla strada della celebrità e della ricchezza, che considerava sue di diritto.

— A questo Pitt i soldi devono uscire dalle orecchie — mormorò Holly, mentre il preside continuava a blaterare.

— Infatti — disse Tansy. "E io intendo prendermene una parte. Non sono nata per essere povera" pensò. "E se devo avere a che fare con la povertà, non sarà ancora per molto."

Tansy Meadows di Great Massingham Manor era giusto il titolo che le serviva per entrare nell'alta società.

Ore 10.15. Importanti decisioni durante l'ora di francese

Fu mentre era alle prese con la traduzione di francese, chiedendosi perché gli stranieri scegliessero di usare dieci parole quando invece ne bastavano due, che Holly decise che ci stava andando troppo con i piedi di piombo. Doveva prendere di petto Paul, domandargli cosa pensava di fare trastullandosi con quell'altra, quando in realtà si supponeva che fosse il suo ragazzo.

Risolutezza, ecco di cosa parlava continuamente la signorina Partridge nelle sue lezioni. Ebbene, da risoluta si sarebbe comportata.

Proprio quel giorno.

Ore 11.00. Ricreazione

— Mi farò valere — annunciò Holly a Tansy al di sopra di una lattina di Coca-Cola.

— Sai che novità — fece Tansy.

"Simpatica!" pensò Holly.

Ore 11.15. Durante l'ora di chimica

D'altro canto, poteva provare con un approccio accomodante. Domandare a Paul di quella ragazza come per dirgli: "Non sarebbe carino conoscerla meglio?"

Ore 11.20. Durante l'ora di chimica... asciugando l'acido versato

Al diavolo quell'idea

Ore 12.00. Ancora durante la lezione di chimica

Naturalmente, avrebbe potuto tenerne Paul completamente fuori. Se solo fosse riuscita a mettere le mani su quella disgraziata...

Ore 12.05. Eureka!

Quella sí che *era* una bella idea.

Ore 12.06. Ooops!

— Holly Vine! Smettila di guardare fuori dalla finestra e concentrati sulle questioni importanti della vita! Come le tue insufficienze!

Non c'erano questioni piú importanti del riuscire a riprendersi Paul.

— Mi scusi, signorina Bainbridge.

Stupida ciabatta.

Ore 13.00. Nel giardino dei Cedri, augurandosi che la vita fosse piú semplice

La madre di Tansy piantò la vanga nel terreno e raddrizzò la schiena dolorante. Si chiedeva se avrebbe avuto il coraggio di fare un salto in casa e chiedere ad Angela Vine di pagarla alla fine di ogni giornata. In quel modo, avrebbe avuto un po' di soldi per pagare la bolletta del telefono prima che glielo staccassero. Il suo conto in banca era quasi in rosso, ma non aveva avuto il coraggio di confessarlo a Laurence. Sapeva che le avrebbe offerto il suo aiuto, ma lei non voleva. Non ancora. Non finché non avesse preso una decisione.

Naturalmente, vivere con Larry avrebbe reso la vita molto piú semplice. Da un punto di vista economico aveva senso. Tuttavia, era un passo molto importante; lei viveva da sola da tanti anni e non la prendeva tanto bene quando le si diceva cosa fare e quando.

Ma lui l'amava e lei era quasi sicura di amare lui. Ed era certa che non ce l'avrebbe fatta a tirare avanti ancora per molto con quella miseria che guadagnava.

Avrebbe accettato. L'avrebbe fatto. In fin dei conti, non poteva continuare a sentirsi morire ogni volta che suonava il postino. Meritava qualcosa di meglio.

Ore 13.30. Quel che si dice prendere di petto

Holly non voleva credere alla sua fortuna. Quella Amy era lí, a ciondolare davanti al cancello della casa di Paul. Portava lo stesso costoso impermeabile e una magnifica cloche di velluto tirata fin sopra le orecchie. Doveva ammetterlo: aveva un aspetto strabiliante.

Holly esitò, chiedendosi cosa fare. La ragazza continuava a guardare a destra e a sinistra come un'anima in pena. Ovviamente, stava aspettando lui. "Be', dovrà aspettare a lungo" pensò Holly compiaciuta "perché il martedí Paul ha il corso di computer fino alle sei. E questo mi darà tutto il tempo per sistemare la faccenda una volta per tutte."

— Sono Holly Vine — disse avvicinandosi ad Amy, e si ricordò di ciò che diceva la signorina Partridge, che fissare gli altri negli occhi conferiva piú autorità. — E sono la ragazza di Paul.

La ragazza fece un salto. "Ah" pensò Holly "è la coscienza sporca."

— Perciò ti converrebbe smetterla di perdere il tuo tempo con lui!

Amy corrugò la fronte e scosse furiosamente la testa.

— Oh, capisco — gridò Holly. — Pensi di potermelo portare via. Be', provaci! E poi, quanti anni hai? Dodici? Tredici? Credi veramente che Paul sia interessato a una marmocchia come te?

Si sforzò di non ripensare al modo affettuoso in cui lui aveva guardato quella bambina la settimana precedente. Voleva solo fare il carino. Ecco tutto.

— Hai capito? — domandò Holly.

Gli occhi di Amy si riempirono improvvisamente di lacrime. Per un istante, Holly si domandò se non ci fosse andata un po' troppo pesante. Ma visto che la ragazzina non aveva avuto la decenza di rispondere, decise che se l'era meritato.

— Allora?
Amy sollevò il mento con fare di sfida, guardò Holly, si voltò e si allontanò senza dire una sola parola.
"Cosí impara" pensò Holly. Ma si chiese perché tutto questo non la facesse sentire meglio.

Ore 16.45. Un approccio risoluto

"Molti" pensò Cleo entrando in cucina "rimarrebbero sorpresi nel trovare la propria madre in mutande e reggiseno in piedi su una sedia, con un parasole in una mano e un foulard di chiffon nell'altra. Del resto, però, molti hanno una madre normale." Purtroppo, non lei.
— Mamma, devo parlarti. — Decise di usare l'approccio risoluto di cui parlava la rivista "Heaven" come di un mezzo sicuro per ottenere l'attenzione dei genitori.
— Certo, tesoro. Fammi solo mettere a punto questa posa e...
— No, mamma. Adesso. È una cosa seria.
Diana fece subito la faccia preoccupata.
— Cos'è successo, Cleo? Problemi?
Vedere Diana diventare tutta materna le fece un po' abbassare la guardia, e Cleo decise di esordire con la parte facile.
— Sono stata scelta come solista per sabato — disse. E dicendolo, un'idea fantastica le balenò per la mente. — Tu ci verrai, vero? Ti prego.
— Tesoro, è una cosa meravigliosa. Non

mancherei per nulla al mondo — disse la madre entusiasta. — A una condizione, però.

"Ci risiamo" pensò Cleo.

— Non inviterai mica anche tuo padre e quella donna, vero?

— No, mamma. — *Be', mica è una bugia; non lo farò perché l'ho già fatto.*

— Allora, va benissimo — disse sua madre. — E ora, tesoro, se potessi darmi una mano a sganciare questo reggiseno...

— Non ho ancora finito, mamma.

Diana si fermò e Cleo inspirò profondamente.

— Lettie mi ha chiesto perché non sono mai andata a trovarla quando era ricoverata in ospedale. Dopo l'incidente.

Diana trattenne il respiro e si morse il labbro.

— Che domanda bizzarra! — esclamò con finta allegria.

— No, mamma. Non è affatto bizzarra. Anzi, è seria — disse Cleo.

Sua madre deglutí.

— Ora ricordo — disse a un tratto. — Avevi la rosolia! Naturalmente, non potevamo correre il rischio che contagiassi Lettie mentre era in quelle condizioni; mentre stava migliorando. Per questo non ti ci abbiamo portata.

Cleo guardò sua madre.

— Ma, mamma — disse cercando di non far tremare la voce — la rosolia non ce l'ho mai avuta, ricordi? È per questo che l'anno scorso mi hanno vaccinata a scuola.

— Oh, be' — disse sua madre spazientita. — Varicella, scarlattina, quello che sia. Come faccio a ricordarmi?

Cleo rimase molto impressionata quando vide gli occhi di sua madre riempirsi di lacrime.

— È tutto passato, perché rivangare? Non serve a nessuno — disse, passandosi una mano sul viso e stampandosi in faccia un sorriso. — Comunque sia, tutto è bene ciò che finisce bene. Quello che conta è che Lettie ne sia uscita.

"Sí, certo" pensò Cleo. "Il mio stupido sogno non è tanto importante. Lettie, sí."

— E ora — disse sua madre facendo una piroetta. — Come ti sembro? Ti sembro grassa?

Cleo fece segno di no con la testa.

— C'è solo una cosa che darebbe all'insieme un'aria migliore — disse per alleggerire l'atmosfera.

— Cosa, tesoro? — Sua madre pareva preoccupata.

— I vestiti.

Ore 17.30. Quando è la figlia a organizzare la madre

— E cosí le finali si terranno al Great Massingham Manor! — concluse trionfante Tansy, dopo aver fatto alla madre il resoconto degli eventi della giornata.

— Quell'enorme palazzo alle porte di Dunchester? Quindi qualcuno l'ha finalmente comprato — osservò lei, rimettendo delicatamente il coperchio a un propagatore di sementi.

— Mamma! È dove vive il signor Pitt-Warren, non ti ricordi? È sul suo biglietto da visita.

Clarity sgranò gli occhi.

— Santo cielo. Dici sul serio?

È già sorprendente che mia madre riesca a procurarsi lo stretto indispensabile per vivere, figuriamoci se si preoccupa di convincere qualcuno ad assumerla.

— Te l'ho detto — disse in tono esageratamente paziente. — Mamma, devi ottenere quel lavoro. Cioè, pensa di quanta manutenzione ha bisogno quel po' po' di giardino.

Il volto di Clarity si illuminò.

— Be' — disse — certamente è una prospettiva eccitante. Ma poi...

— Poi cosa?

— Se ci trasferiremo da Larry, lui non vorrà che io lavori troppo.

— Oh, davvero! — gridò Tansy. — Quindi, non soddisfatto di avere assunto il controllo della tua vita, ha anche deciso di non farti vivere affatto.

— Tansy, non è cosí...

"No, certo. Non sarà cosí se prenderò in mano la situazione" pensò.

— Mamma, va' a farti un bagno. Subito. E mettici qualcosa di profumato. E depilati le gambe.

C'erano volte, pensò mentre sua madre saliva controvoglia al piano di sopra, che essere una figlia poteva rivelarsi un'esperienza molto stressante.

Ore 19.15. Dire l'indicibile

— Portia?

— Che c'è?

— Tu cosa rammenti dell'incidente di Lettie?

Portia smise per un attimo di applicarsi il mascara viola e guardò Cleo.

— Perché vuoi saperlo?

"Allora si ricorda" pensò Cleo. "Vacci con i piedi di piombo."

— Io ho dei ricordi frammentari, ma tu all'epoca avevi sette anni — disse Cleo. — Com'è successo?

— Una macchina le è passata sopra la gamba e...

— Questo lo so già! — la interruppe Cleo facendo un grosso respiro e avvicinandosi alla finestra. — Chi c'era alla guida?

Seguí un lungo silenzio.

— Nessuno — rispose infine Portia. — Lei stava giocando e una macchina si è mossa in retromarcia senza nessuno alla guida e le ha schiacciato la gamba.

Il giardino che aveva davanti agli occhi si trasformò in una macchia sfocata. *Avanti, dillo. Tu lo sai sicuramente. Forza, dillo.*

— E nella macchina non c'era nessuno? Ma proprio nessuno?

Seguí un altro lungo silenzio, persino piú lungo del precedente.

Cleo si voltò lentamente e guardò sua sorella dritto negli occhi. Portia distolse lo sguardo.

Cleo non disse altro. Non ce n'era bisogno. Aveva ottenuto la risposta che le serviva. E non pensava di poterla digerire.

Ore 19.45. Incredula

— Mica uscirai vestita a quel modo? — Tansy era sul pianerottolo e fissava incredula sua madre.

— Dovrei stare bene cosí — disse Clarity. — Perché, cosa c'è che non va?

— Vuoi che ti faccia un elenco? — ribatté Tansy. — Mamma, le gonne di mussola non vanno piú di moda, e quella camicetta avrà cent'anni. E poi non ti sei truccata abbastanza. Cerca di fare uno sforzo.

— Tansy — disse sua madre a denti stretti. — Sto andando a discutere il progetto per un giardino, non vado mica alla Settimana della Moda Londinese. E poi, secondo Laurence, vestita cosí sono un amore.

— Questo — disse Tansy — la dice lunga.

Ore 20.35. Una visita indesiderata

— Che rottura! — Tansy abbassò il volume del televisore e andò ad aprire la porta.

Fermo sulla soglia, con una bottiglia di vino stretta in una mano e un mazzo di fiori nell'altra, c'era Laurence.

— Ciao, Tansy! — Fece per entrare, ma Tansy gli sbarrò il passo.

— C'è la mamma? — chiese aggrottando la fronte.

— Nooo.

— È uscita?

— Le alternative sono due — rispose Tansy. — O c'è o non c'è.

Laurence si fece serio di colpo.

— E dov'è andata?

Tansy fece un sorriso melenso.

— A cena al ristorante The Snooty Fox — disse. — Con Jonathan. Le dirò che sei passato. Adesso devo andare. Ciao!

MERCOLEDÍ

Ore 7.45. Discorsi da far venire l'acquolina in bocca

— ... e poi ho preso un soufflé alla vaniglia con una salsa al lampone davvero meravigliosa, e poi formaggi e caffè con...

— E il lavoro, mamma? — chiese Tansy impaziente. — Hai ottenuto il lavoro?

— Sí — rispose Clarity compiaciuta. — Tre giorni alla settimana finché non avrò terminato il giardino dei Vine, quindi a tempo pieno finché la nuova progettazione del giardino non sarà portata a termine.

Tansy scattò in piedi e abbracciò sua madre.

— È meraviglioso! — gridò. — Sono proprio contenta per te!

Stava per dare alla madre un secondo abbraccio mozzafiato, quando si aprí la porta di servizio e apparve Laurence.

— Dove sei stata ieri sera? — domandò a Clarity. — Immagino che Tansy ti abbia detto che sono passato.

Lei fece segno di no con la testa.
— Scusa. Me ne sono dimenticata. Devo scappare. La scuola! — Tansy diede alla madre un bacio frettoloso e corse via.
— Non mi avevi detto che saresti uscita! — la voce di Laurence la seguí fino al corridoio.
— Devo forse dirti tutto? — Clarity aveva un tono risentito.
Fatti valere, mamma!
— E chi sarebbe questo Jonathan?
"Semplicemente colui che ci salverà da una vita con te" pensò Tansy.
— Lavoro — sentí dire sua madre con una nota supplichevole nella voce.
"Per adesso" pensò Tansy aprendo la porta di casa. "Ma speriamo per molto poco."

Ore 10.20. Durante l'ora di inglese

Cara Tansy,
l'ho fatto! Ho preso di petto quella scocciatrice di Amy e le ho detto cosa pensavo del suo modo di mettersi fra me e Paul. Se n'è andata con la coda fra le gambe, credimi. Questa storia della risolutezza di cui parla la signorina Partridge funzione veramente.
Ciao, Holly
P.S. Qual è la risposta alla domanda numero 7?

Cara Holly,
6.3345. Ma Amy che ti ha detto?
Ciao, Tansy

Cara Tansy,
niente. Nulla. Zero. Ha messo su un'espressione patetica e se l'è svignata. Smidollata ti pare una definizione appropriata? Comunque, stasera passo da Paul e faccio la carina con sua madre. E poi farò in modo che lui si dimentichi dell'esistenza di quella ragazza.
Ciao, Holly

Ore 13.40. Durante le prove del coro

— Oliver caro, ora cantiamo la prima strofa e poi attacchi con il tuo assolo. — La signorina Saffrey era raggiante e supereccitata.

— Non lo faccio, signorina Saffrey. — Oliver Pritchard si sollevò in tutta la sua altezza con il viso paonazzo e i pugni serrati.

I membri del coro rimasero senza fiato per lo stupore. Il petto della signorina Saffrey si sollevò.

— Che vuol dire che non lo fai?

— Non faccio l'assolo — ripeté lui. — Sono stufo di questi stupidi festival. Dovrà trovarsi un altro babbeo!

Detto ciò, si voltò e corse fuori dall'aula di musica.

Nella classe esplose un boato.

— Ma ha una voce stupenda! Perché non vuole farlo? Che gli è preso?

— Si crede superiore, immagino!

La signorina Saffrey batté la bacchetta sul leggio.

— Silenzio! — tuonò. — Questo ridicolo

mistero lo risolvo io piú tardi. Adesso passiamo alla seconda strofa e all'assolo di Cleo.

Il mormorio continuava.

— Ragazzi — gridò la signorina Saffrey — cantate!

E loro cominciarono a cantare.

Ore 14.00. In missione

— Ehi, Olly, aspettami! — Senza piú fiato in corpo, Cleo salí le scale dell'aula di disegno e raggiunse Oliver.

Olly la guardò senza fermarsi.

— Sta' a sentire — disse Cleo. — Non voglio farmi i fatti tuoi, però...

— Allora non ti impicciare! — ribatté Oliver.

— Ma perché non vuoi cantare? Lo so, mette un po' paura...

— E chi ti dice che ho paura?

— Altrimenti non ti saresti tirato indietro. Sei il miglior cantante di tutta la scuola; hai partecipato alla gara per "Il corista dell'anno" e tutto...

— Sí, ma da piccolo. Adesso sono cresciuto.

— Certo, lo so. Però stammi a sentire, Olly, il festival è fra tre giorni e tu sei l'unico che possa farci vincere.

— Oh, capisco! — Olly sbottò cosí violentemente che alcuni ragazzi di terza media che passavano di lí rimasero sbigottiti. — La vecchia Saffrey ha mandato te per rabbonirmi. Be', non attacca, capito? Non ci sto.

Cleo aveva sopportato fin troppo.

— Senti un po', tu — ribatté. — Io ho una fifa del diavolo e con mille ragioni piú di te. Ma almeno non mi tiro indietro all'ultimo minuto per rovinare tutto. Hai detto di non essere piú un bambino. Bene, però ti comporti come se lo fossi. Perché non cresci un po'?

Detto ciò, schizzò via a lezione di ceramica, lasciando Olly a guardarla con la bocca spalancata.

— I maschi! — esclamò con stizza. Quindi si sfogò su un pezzo di argilla umida.

Ore 16.00

Cleo attraversò di corsa il cortile della scuola e raggiunse Trig al cancello.

— Vai a casa a piedi? — gli domandò con il cuore in gola.

Trig fece di no con la testa.

— Devo andare al... in centro — disse. — Prendo l'autobus.

— Ti accompagno, se vuoi — gli propose Cleo, che ne aveva una gran voglia.

— No, grazie — si affrettò a rispondere Trig. — Ci metterò un sacco di tempo.

— Non c'è problema, avviserò mia madre — disse Cleo.

— Ti ho detto di no! — replicò bruscamente Trig. — Scusa, cioè... è gentile da parte tua, ma ho un mucchio di faccende da sbrigare. Ci vediamo domani, okay?

— Okay — disse Cleo avvilita.

Ma tanto okay non era.

Ore 16.30. In cerca di consolazione

— Cleo, sei tu? — Sua madre fece capolino dalla porta del salotto mentre Cleo rientrava in casa. — Pensavo tornassi piú tardi. Di solito il mercoledí passi da Trig.

Gli occhi d Cleo si riempirono di lacrime.

— Tesoro, cosa succede? Qual è il problema?

— Oh, mamma! — Cleo si gettò fra le braccia di sua madre.

— Tesoro, che è successo? Ti ha fatto qualcosa Trig?

Cleo prese fiato e raccontò tutto a sua madre.

— Capisci? Non mi vuole piú, ne sono certa, nonostante tutte le cose che mi aveva detto — disse singhiozzando. — Perché tutto quello che faccio finisce in malora?

— Tesoro, ti sbagli — protestò sua madre. — Guarda per esempio il canto. Non tutte vengono scelte come soliste di un coro che partecipa a un festival. Io ne andrei molto fiera.

— Sul serio?

— Certo. Dimmi un po', dove si terrà? Non te l'ho ancora chiesto.

Cleo si asciugò gli occhi con la manica.

— Massingham Manor — disse abbozzando un sorriso. — Leggermente piú chic della sala della scuola. Mamma?

Sua madre la stava fissando con la bocca semiaperta.

— Le finali... si terranno a Massingham Manor?

Cleo annuí. — Perché? Che problema c'è?

— Problema? Oh, niente. Niente di niente. Bene, ti va una tazza di tè? Ti farà sentire meglio.

"Nemmeno tutto il tè della Cina potrebbe farmi sentire meglio" pensò Cleo. "Ho il cuore a pezzi. Irrimediabilmente."

Ore 21.10. Origliando da dietro la porta del bagno

— Non posso farlo, Roy. Non posso e basta.

Cleo si fermò con un asciugamano a mo' di turbante in testa e tese l'orecchio.

— Ma, Di, devi farlo per forza; è il suo grande giorno — sentí Roy protestare. — Non puoi deluderla.

— Roy, non ci vado e qui finisce la storia. Sarebbe tremendo.

— E cosa dirai alla povera Cleo? — domandò Roy.

— Troverò una scusa — replicò sua madre spazientita. — Tu, però, puoi andarci.

— Stanne pur certa! — disse Roy. — È il minimo che possa fare, povera ragazza.

«Povera ragazza. Sarebbe tremendo.» "Meglio dire addio al tentativo di diventare la coraggiosa Cleo che tutti rispettano. Persino mia madre non può dire di essere orgogliosa di me. Si vergogna" pensò. "Grazie al cielo, papà verrà. Se non altro, a qualcuno importa di me."

Ore 21.20. Altre delusioni

— Ciao, papà. Sono Cleo. A proposito delle finali del coro... sí, si terranno a Massingham Manor... Papà? Ci sei?... Ah, bene. Massingham Manor, appena fuori Dunchester, sulla strada di Kettleborough.

Si rigirò tra le dita una ciocca di capelli bagnati.

— Cosa? Ma me l'avevi promesso. Avevi detto che tu e Fleur sareste venuti... Non puoi. Grandioso, papà. Grazie tante.

Sbatté giú il telefono e scaraventò l'asciugamano dall'altra parte della stanza. Era troppo arrabbiata persino per mettersi a piangere.

Ore 22.00. Acqua, acqua dappertutto

— Mamma! Svelta! Aiuto!

Al grido di Tansy, Clarity fece le scale di corsa, due alla volta.

— Guarda!

Tansy era al centro della sua stanza e indicava il soffitto, da dove l'acqua gocciolava a ritmo crescente sul suo letto.

— Oh, no! — Clarity si portò una mano alla bocca e si guardò spaurita intorno, quasi sperando che i soccorsi arrivassero come per magia. — Deve trattarsi dei vecchi cassoni di zinco. Prendi degli asciugamani, svelta!

— Mamma, renditi conto. Dopo cosa mi

chiederai? Dei fazzoletti di carta? — disse Tansy. — Non converrebbe chiudere il rubinetto centrale o qualcosa del genere?

— Telefono subito a Laurence, ecco cosa faccio. Lui rimedierà a tutto.

Ore 23.00. Fradicia ma sollevata

— Oh, Laurence, tesoro, come posso ringraziarti? Sei stato meraviglioso.

"Per carità, quell'uomo ha già un ego gigantesco" pensò Tansy. "Non è certo il caso di gonfiarglielo di piú."

— Quel vecchio cassone trasuda ormai da mesi — la rimbrottò Laurence. — È passato un secolo da quando ti ho detto di far sistemare quella macchia d'umidità sul soffitto.

— Nelle emergenze sono una vera frana — disse Clarity in tono lamentoso.

— Be', fiorellino mio — disse Laurence — la soluzione la conosci. Vieni a vivere da me.

Fosse perché sua madre era in uno stato di trance, fosse perché era completamente zuppa, in fase premestruale o postmestruale, o perché era semplicemente stupida, Tansy non riuscí mai a capirlo, ma le parole che Clarity pronunciò subito dopo la colpirono come una bomba.

— Accetto — disse con un sorriso di sollievo. — *Noi* accettiamo. La prima cosa che farò domani mattina sarà quella di mettere in vendita la casa.

GIOVEDÍ

Ore 3.30. Il terribile incubo

«Voglio vedere i leoni, papà. Adesso, papà. Adesso.»

«Come può Cleo aver fatto una cosa del genere? Come?» La voce della mamma che grida.

«Lettie. Poteva morire!»

«Ai bambini non diremo cosa è successo veramente... cosa è successo veramente...»

Cleo si svegliò tremando come una foglia.

Adesso sapeva come erano andate veramente le cose. Era stata lei a togliere il freno a mano. A far andare la macchina all'indietro. Lei, Cleo Greenway, aveva quasi ucciso sua sorella.

E per quella ragione, da allora, nessuno le aveva piú voluto bene.

Ore 6.45. Brusco risveglio

— Holly, tesoro, svegliati! Stamattina dobbiamo alzarci presto!

Angela Vine tirò via il piumino di sua figlia e le diede uno scrollone.

— Mamma! — Holly si rigirò contrariata. — Siamo nel cuore della notte.

— Oh, non essere ridicola, Holly. Manca un quarto alle sette e non riesco a trovare il fornelletto da campeggio.

"Non posso avere a che fare con i matti cosí presto" pensò Holly.

— È per la manifestazione, capisci — continuò sua madre. — Per riscaldare la minestra eccetera. Non riesco a trovarlo, però mi sono ricordata che l'avevi portato con te quando sei andata al campeggio con gli scout.

— Mamma — sospirò Holly. — Ho quattordici anni, e quando ero una coccinella ne avevo nove.

— Sí, d'accordo, ma conoscendoti, probabilmente è ancora dove l'hai messo cinque anni fa — replicò sua madre. — Allora vuol dire che dovrò portarmi dietro un mucchio di thermos, ecco. Non si può mica correre al bar tutte le volte che si ha voglia di un caffè.

— Credevo — disse Holly — che manifestaste all'ospedale. Lí c'è un bar, lo sai?

Sua madre la guardò sbigottita. — Oh, no, tesoro. Occupiamo la rotatoria davanti all'ospedale. Cosí ci vedranno tutti. Sicuramente finiremo sui giornali.

"Peggio di cosí non può andare" pensò Holly.

— Deannie ha fatto lo scheletro, io ho i miei vasi sanguigni e Dilys Pugh ha preparato un manifesto che dice: "Un colpo di clacson se siete con noi!"

"Mi sbagliavo" pensò Holly. "Il peggio non è mai morto."

Ore 7.30. Invito alla sincerità

— Buongiorno, Cleo! — Roy era ai fornelli intento a preparare delle uova strapazzate in una veste casalinga molto strana per lui. — La mamma è già uscita. Hanno chiamato quelli della troupe per dirle che le correnti ascensionali sono perfette per andare in mongolfiera!

— Okay. — Cleo si lasciò cadere su una sedia davanti al tavolo, troppo sconvolta per pensare a una qualunque risposta sarcastica. — Per me niente uova, grazie.

Roy la guardò attentamente.

— Sembri a pezzi — disse. — Dormito male?

— Sí... no... piú o meno — rispose Cleo.

— Sono ansioso di assistere al tuo momento di gloria sabato prossimo — disse ciarliero. — Come procede?

— Okay.

— E dimmi un po', cos'è che canterai esattamente?

— Roy, so bene che stai cercando di essere gentile, ma non devi. So che ci verrai semplicemente perché la mamma non se la sente.

— Di fare cosa? — Portia fece irruzione in

cucina prima che Roy potesse controbattere.

— Di venire alle finali del coro — disse Cleo. — Lo sanno tutti che farò un bel fiasco.

— E invece no — disse Portia nella sua disposizione d'animo alla siamo-buoni-almeno-una-volta-l'anno. — Quando sei sul palco... a proposito, non possono usare la sala della scuola, no?

Cleo le fece segno di no con la testa.

— Si farà al Massingham Manor — disse. — A quanto pare, è un posto molto chic.

Portia spostò lo sguardo da Cleo a Roy e poi di nuovo su Cleo.

— Massingham Manor?

Cleo annuí.

"Non che il posto importi poi tanto" pensò arrabbiata. "Nessuno della famiglia vuole scomodarsi per venirci."

Ore 11.30. Su una fredda rotatoria di fronte al Dunchester General Hospital. Si protesta, ma non solo contro la chiusura

— Sta andando benissimo, non trovi? — chiese Angela Vine a Deannie Bennett mentre facevano sbatacchiare su e giú i loro scheletri di cartone davanti agli automobilisti di passaggio. — Stiamo attirando un sacco di attenzione.

— Mmm — mormorò Deannie Bennett un po' scoraggiata.

— Forse dovremmo tirare fuori altri striscioni — suggerí Angela. Un automobilista, passando, suonò il clacson.

— SIPS: Salvate Il Pronto Soccorso — gridò eccitata.

Di colpo Deannie fece cadere lo scheletro a terra e si voltò verso Angela.

— Senti — disse in fretta — tutto questo è terribilmente imbarazzante e non so proprio da dove cominciare, ma devo parlarti.

— Rimpolpate il Servizio Sanitario Nazionale! — urlò Angela. — Che c'è, Deannie?

— Si tratta di Holly — esordí quella.

Angela smise di urlare e guardò con apprensione la sua vicina.

— Ha parlato con Amy — disse Deannie.

— Ma che bello! — esclamò Angela piena di entusiasmo. — Non avevi detto che volevi che Amy conoscesse gente?

— Be', non è stato bello — asserí Deannie. — Per niente. Anzi, è stato piuttosto brutto.

Angela mollò lo striscione e si accasciò sul prato.

— Credo — disse accarezzando l'erba — che sarebbe meglio se mi raccontassi tutto.

Ore 13.00. La canzone

— Un'ultima prova generale, ragazzi, poi si sale sul pullman e via! — rombò la signorina Saffrey, che per l'occasione si era compressa il seno in un bolerino d'angora rosa, scelta alquanto infelice. — Una volta a Massingham avremo circa un'ora di tempo per abituarci all'acustica e poi voglio che facciate riposare la voce fino a sabato.

Fece frusciare i suoi spartiti e tossicchiò.

— Data la deprecabile assenza di Oliver Pritchard — disse stringendo i denti — Cleo canterà entrambi gli assolo. La musica è stata adattata, cara.

— Okay — disse Cleo.

Jade e Tansy si scambiarono un'occhiata. Si erano aspettate la solita solfa «Oh, signorina Saffrey, non posso» invece Cleo si limitava a guardare gli spartiti senza grande entusiasmo.

Il coro cominciò a cantare e Cleo eseguí i suoi assolo.

— Cleopatra — la chiamò la signorina Saffrey mentre gli altri membri del coro si ammassavano a bordo del pullman. — Sei molto pallida e non hai cantato in maniera del tutto soddisfacente. Per favore non dirmi che ti stai prendendo un mal di gola o qualcos'altro. Questa è la tua grande occasione, e dopo che Oliver...

Cleo la guardò. Di colpo non vide piú l'insegnante affabile ed estroversa di sempre, che diceva alla gente di impegnarsi al massimo. Vedeva una giovane donna agitata e in ansia che voleva disperatamente dimostrare che il suo coro era speciale. Olly l'aveva piantata in asso; adesso toccava a Cleo mettercela tutta.

— Sto benissimo, signorina Saffrey — le sorrise. — Sto solo risparmiando un po' la voce.

L'insegnante si illuminò e le diede una pacca sulla schiena.

— Splendido — disse e si allontanò per andare a fare gli occhi dolci al conducente del pullman.

Ore 13.40. In viaggio per Massingham Manor

— Ehi, Holly, ma quella non è tua madre? — chiese Tansy guardando fuori dal finestrino.

Gli occhi di Holly seguirono lo sguardo dell'amica. Angela Vine, infagottata in un decrepito paio di pantaloni verdi di velluto a coste e una giacca a vento davvero indecente, era ferma in mezzo alla rotatoria facendo colare succo di mirtillo dal suo tubo di plastica e gridando: — Non succhiate il sangue al Dunchester General!

— Oh, Gesú! — sospirò Holly. — Dovrebbero rinchiuderla.

— E guarda — disse Jade in tono vivace. — Ci sono quelli di TV East. Scommetto che stasera finisce al telegiornale.

"Perché non posso avere una madre che se ne sta buona?" pensò Holly.

Ore 14.00. Imbarazzante, non c'è che dire!

— Autista, quale sarebbe il problema? — Il signor Grubb si avvicinò al conducente, mentre il pullman avanzava a passo di lumaca.

— Sembra che piú avanti ci sia un incidente, professore — rispose l'autista.

Il pullman affrontò lentamente una curva fiancheggiata da folti cespugli di biancospino. Non appena l'ebbero superata, un poliziotto con un largo sorriso fece loro segno di fermarsi. Di colpo, un boato di risate echeggiò dalla parte anteriore della vettura.

— Che succede? — domandò Jade a Cleo, avvicinandosi al parabrezza.

— Oh, guarda. È esilarante! — farfugliò Holly, aggrappandosi al braccio di Tansy.

— Cosa? Non vedo niente. — Cleo infilò la testa fra loro due e si augurò di non averlo fatto.

Impigliata fra gli alti rami di un sicomoro, oscillando dolcemente a tre metri da terra, c'era una mongolfiera. Una mongolfiera che aveva la forma di un enorme paio di mutandine di pizzo. E intenta a scendere dalla mongolfiera per raggiungere una traballante scala a pioli, vestita solo di un paio di slip e un reggiseno rosso fuoco, con un foulard di chiffon che malcelava le sue nudità, c'era la madre di Cleo.

— Caspita, Cleo. Quella è tua madre!

— Ehi, che ci fa la signora Greenway in cima a un albero?

— Guardate, ci sono le macchine da presa! Si tratterà di un film!

Dio, se non hai nulla in contrario preferirei morire qui, adesso, in silenzio, dietro a questo sedile. Altrimenti farò fuori mia madre.

Ore 14.05. Ma piantala, mamma!

— Davvero tua madre sta girando un film? Non ce l'avevi detto! — Tansy era evidentemente molto colpita.

— È una pubblicità per la TV — disse Cleo con un sospiro, sperando che tutti si togliessero dai finestrini e la smettessero di osservare la sua genitrice mentre si copriva di ridicolo. — Tu ti vanteresti, se tua madre corresse mezza nuda in aperta campagna?

— Se non altro, è molto affascinante — sospirò Holly. — Non come la mia.

Quando Diana scese l'ultimo piolo, si sollevò un applauso. Alzò lo sguardo e vide gli occhi di tutti i passeggeri del bus della West Green puntati su di lei. — Salve, ragazzi! — li salutò, mentre un membro della troupe le metteva una giacca sulle spalle. — Scusate il fastidio!

"Quella donna non conosce vergogna" pensò Cleo, distogliendo lo sguardo e sperando che sua madre chiudesse il becco.

— Sei proprio fortunata ad avere una madre ambiziosa — sospirò Tansy.

"Credo che mi accontenterei di una madre che sappia comportarsi un po' in maniera normale" pensò Cleo.

Ore 14.20.

— Bene, ragazzi, scendiamo qui. Seguite il sentiero che gira intorno alle stalle e poi prendete il vialetto di ghiaia che conduce fino alla casa. Ci ritroviamo all'ingresso principale tra dieci minuti.

Tutti cominciarono a spintonare e a sgomitare per scendere dal pullman.

— Allora, Cleopatra. Vedremo una seconda stella Greenway risplendere nel firmamento del mondo dello spettacolo sabato prossimo? — chiese con un sorriso il signor Grubb, che amava rigirare il coltello nella piaga. — Tale madre, tale figlia, eh?

Cleo lo guardò in cagnesco e non disse nulla. Non c'era proprio niente da dire.

Ore 14.25. Il mio incubo peggiore...

— Uao! È enorme! — gridò Tansy mentre imboccavano il vialetto d'acceso.

— Guarda che entrata! — disse Jade. — Elegante, no?

Cleo rimase immobile con lo sguardo fisso. Le voci degli altri membri del coro intorno a lei si fusero in un unico suono indistinto. Rimase immobile.

C'era tutto. Come nel sogno. Fin nei minimi dettagli. Il lungo vialetto di ghiaia, l'enorme cedro. E i leoni. I quattro grossi leoni di marmo, due su ciascun lato della scala che conduceva al portone.

«Voglio vedere i leoni, papà. Adesso, papà.»

La loro macchina si trovava precisamente lí. Sulla sinistra. Nel punto in cui il vialetto d'accesso scendeva verso i cancelli di ferro battuto.

Portia è seduta a cavallo di un leone. «Adesso tocca a me; io, papà, adesso papà.»

La ghiaia scricchiola. «Guido, papà! Guardami!»

La mamma scende le scale di corsa.

E poi un grido. Un grido prolungato, penetrante, infinito.

Solo che questa volta il grido proveniva da Cleo.

Ore 14.26. ... diventa realtà

Sembrò un'eternità, ma durò solo un secondo. Tutti la guardarono. Il cuore le batteva forte in petto e sembrò che la testa le stesse per spaccarsi in due.

Questo era il posto. Era qui che l'aveva fatto. Forse in questo momento si trovava nel punto del vialetto in cui Lettie era rimasta a terra immobile.

— Cleo! Cleo! — la voce di Jade sembrava provenire da molto lontano.

L'urlo delle sirene. Lettie sparita. Mamma sparita. Papà anche. Portia e Cleo in una macchina in compagnia di una signora con un buffo vestito lungo.

«È stata la piccola.»

— Cleo, stai bene?

Cleo aveva lo stomaco sottosopra e la testa leggera. Poi il mondo si fece tutto nero.

Ore 14.40. Sentendosi una sciocca

— Sul serio, ora sto bene... Sí, davvero... No, certo che posso cantare... Sí, credo che sia stato il pullman. Sí, con tutte quelle curve. Mi spiace, signorina Saffrey.

Ore 14.55. Cantare in stato di trance

«Non posso andarci, Roy; non posso e basta.»
È successo qui. Ecco perché non vogliono venire a sentirmi cantare. È qui che l'ho fatto.

Ore 15.30

Voglio tornarmene a casa.

Ore 16.15. Il momento della verità

Holly entrò in casa e si diresse verso le scale.
— Holly! Devo parlarti! — Sua madre era sulla porta della cucina con un'espressione a dir poco furibonda.
— Se si tratta della mia stanza, la metto in ordine dopo.
— Magari fosse solo quello — disse sua madre arcigna. — Siediti.
Holly si mise a sedere.
— La signora Bennett mi ha parlato di te.
Holly si rianimò.

— A quanto pare, hai incontrato Amy — cominciò sua madre. — E mi sembra di capire che non l'abbia trattata in modo troppo gentile.

Holly smise di rianimarsi. *Quella carognetta! Ovviamente era andata a piagnucolare dalla madre di Paul per ottenere la sua comprensione. Patetica.*

— Adesso andrai subito dalla signora Bennett a sentire cos'ha da dirti — le ordinò sua madre. — E credo che dovrai scusarti all'infinito.

— Mamma! Sii seria! — protestò Holly. — Tutto questo non ha nulla a che vedere con lei.

— Ah, no? — fece Angela. — Be', vedi di andarci subito!

— Ma...

— Altrimenti ti sospendo la paghetta per tre mesi.

Holly andò senza fiatare.

Ore 16.25. La resa dei conti

— Ah, Holly. Ti stavo giusto aspettando. Entra pure.

La signora Bennett le fece strada in cucina.

— Holly, credo che sia meglio andare subito al sodo — esordí Deannie Bennett in tono energico. — Mi pare di capire che hai cercato di spaventare Amy.

— Spaventarla? — Holly non credeva alle

proprie orecchie. — Ma è ridicolo! Non ho fatto altro che dirle di lasciare in pace Paul.

Le parole le erano uscite di bocca prima che potesse frenarle. L'occhiata che le rivolse l'altra le fece intuire che quella frase rappresentava una pessima scelta.

— Quindi pensi di essere la padrona di Paul? — le domandò la signora Bennett. — Perché prima di prendertela con la povera Amy non hai parlato con Paul? Per saperne di piú?

Holly cominciava ad averne abbastanza di tutta quella faccenda e della "povera Amy".

— Cosí — continuò la signora Bennett — hai deciso di mettere in riga Amy?

Holly annuí.

— Forse ho esagerato un po' — ammise cercando di accattivarsela in ritardo.

Deannie Bennett sospirò.

— Il punto è proprio questo — disse. — Hai perso tempo.

Holly aggrottò la fronte. Non spettava mica alla mamma di Paul dirle cosa doveva fare.

— Cosa intende dire?

In quel preciso momento, si aprí la porta della cucina e apparve Amy, che alla vista di Holly rimase di sasso.

A Holly mancò il respiro.

I lunghi e folti capelli di Amy erano tirati indietro e le lasciavano scoperto il viso. Portava apparecchi acustici a entrambe le orecchie.

— Amy è mia nipote — disse la signora Bennett — ed è completamente sorda.

Ore 16.35. Tremendi sensi di colpa

— Mi dispiace davvero tanto — ripeté Holly per la quinta volta.

Amy annuí.

— Grazie — disse pronunciando lentamente la parola.

— Vedi — fece la signora Bennett — se parli lentamente, lei può leggerti le labbra; ma quando le hai strillato contro, si è spaventata e basta. Eravamo usciti tutti e lei aveva dimenticato le chiavi, e non ha piú capito cosa le stesse succedendo.

Amy cominciò a fare dei rapidi segni a sua zia.

— Dice che con l'aiuto degli apparecchi acustici riesce a sentirci un po', ma solo in assenza di altri rumori. C'era troppo traffico e tutto era privo di senso.

— Avevo creduto — confessò Holly — che fosse una compagna di Paul; era scesa con lui dal bus del Bishop Agnew e...

La signora Bennett la interruppe. — Amy resta da noi finché sua madre è in ospedale, vero tesoro? — disse. — Abbiamo pensato che le facesse bene passare un po' di tempo alla scuola di Paul, perché il prossimo anno spera di andare in una scuola normale.

Holly si morse il labbro. Paul non era innamorato di Amy; la guardava intensamente solo perché potesse leggergli le labbra.

— Sono stata una vera idiota — ammise. — Può dirglielo da parte mia? Mi perdonerà mai?

Amy le fissò le labbra, quindi si voltò e schizzò fuori dalla stanza.

— No — disse la signora Bennett — se ti comporti come se lei non ci fosse. È sorda, mica stupida. Credo che adesso faresti meglio ad andare.

Ore 18.30. A casa. In uno stato confusionale

Il pomeriggio passò in uno stato di totale stordimento. A ripensarci, sembrava di guardare una serie di spezzoni del trailer di un film. La signorina Saffrey che le accarezzava la mano e le dava un bicchiere d'acqua. Cleo che sentiva la propria voce mentre le assicurava che, davvero, stava bene e aveva solo le mestruazioni, o forse era stato il mal d'auto e non c'era bisogno di telefonare ai suoi genitori.

In piedi in mezzo al coro mentre la testa le si riempiva di immagini di ambulanze e di leoni di marmo e di cedri. Seduta sul pullman a chiacchierare senza sentire veramente le parole che pronunciava. Tornare a casa, guardare la TV, fare i compiti, tutto questo sembrava che stesse succedendo a un'altra persona.

E adesso era seduta a tavola a cenare, sforzandosi di mettere in bocca qualcosa mentre il resto della famiglia si comportava come se quella fosse stata una giornata perfettamente normale.

— ... e sono dovuta scendere da questa

scala a pioli davanti a tutti gli studenti della West Green! — disse Diana ridacchiando allegramente. — Non è stato esilarante, Cleo?

— ... e ho detto a Russell che finché non si decide una volta per tutte, non se ne parla proprio! — stava annunciando Portia.

— ... allora posso andare in Francia, mamma? Per favore, di' di sí. Devi solo riempire questo modulo... — diceva Lettie sventolando un pezzo di carta sotto il naso di sua madre.

— ... altre spese, immagino? — domandò Roy.

Cleo guardò le loro facce. Avrebbe voluto alzarsi, lí per lí, e pretendere che le dicessero tutto. Tutta la verità. Proprio tutta.

Solo che la sapeva già. Ed era tremenda.

— Non mi sento molto bene. Vado a letto.

Ore 19.30. A occhi ben chiusi

— Cleo, stai bene?

Resta sdraiata, ferma, e fingi di dormire.

— Dorme, mamma! — urlò Portia dalle scale.

"Se *avessi* dormito veramente, adesso mi sarei svegliata di certo" pensò Cleo.

Ore 21.00. In attesa di rannicchiarsi e morire

Holly fissava i suoi compiti di francese senza vederli. Come aveva fatto a combinare quel bel pasticcio? Altro che riconquistare Paul! Adesso l'aveva perso per sempre. Sua madre la considerava una sciocca e tanto valeva morire.

— Holly, posso entrare? Ti ho portato una tazza di tè.

Angela Vine guardò il viso di sua figlia, posò il tè sul comodino e l'abbracciò.

— Non è mica la fine del mondo! — le disse. — Hai chiesto scusa e hai imparato la lezione. Adesso non pensiamoci piú.

— Non posso — singhiozzò Holly. — E se Paul non mi rivolgerà piú la parola?

— In quel caso — disse stoicamente sua madre — vuol dire che non è degno di te. Ma sono certa che quando sua madre gli racconterà come sono andate le cose, ti ammirerà per avere ammesso di esserti sbagliata.

— Lo pensi sul serio? — Certe volte sua madre sapeva essere una donna saggia, pensò Holly.

— Inoltre — aggiunse Angela — sei troppo giovane per pensare ai ragazzi.

Il momento di saggezza di sua madre era già finito.

VENERDÍ

Ore 7.30. Fingendosi malata

Aveva pensato a tutto. Sapeva cosa fare e di doverlo fare quel giorno. Il che significava non andare a scuola.

Aprí la porta della cucina, la mano sulla fronte.

— Buongiorno, tesoro! Come ti senti? — Diana era in piedi davanti al lavello con un caffettano rosso e delle babbucce ricamate; sembrava che dovesse presenziare a un galà, anziché lavare i piatti.

— Malissimo — dichiarò Cleo, dicendo comunque una mezza verità. — Credo proprio di non farcela ad andare a scuola oggi.

Diana aggrottò la fronte.

— Oh, che seccatura! — esclamò. — Oggi mi aspetta una giornata piena di impegni; giriamo la pubblicità, poi c'è...

— D'accordo — la interruppe subito Cleo. — Tu va' pure. Io me la caverò benissimo. Mi metterò a dormire.

Ore 8.00. Spavento mortale

— Mamma, c'è un uomo nel giardino davanti casa!

Tansy sbirciò dalla finestra. Un bassetto stava piantando un cartello VENDESI sul prato.

Tansy si sentí morire. Dunque, stava andando fino in fondo alla cosa. Non c'era piú tempo.

— Dicono che potremmo farci cinquantaduemila sterline — annunciò Clarity guardando con aria nervosa la figlia. — E l'agente immobiliare ha già qualcuno a cui farla vedere. È una buona notizia, no?

— Disastrosa — replicò Tansy.

Ore 8.55. Davanti ai cancelli della scuola

— Riesci a credere che mia madre abbia fatto una cosa del genere? — esclamò Tansy, mentre lei e Holly svoltavano nel cortile della scuola. — Al mondo non deve esserci idiota piú idiota di lei.

Holly scosse la testa.

— Quel titolo spetta a me — disse mestamente. — Questa volta l'ho fatta proprio grossa. Amy è la cugina di Paul. Ed è sorda. Mi sono giocata la grande occasione.

— Racconta — disse Tansy.

Holly le disse come erano andate le cose.

— E non so cosa fare per dimostrare a Paul che mi dispiace, che non sono una persona orrenda — disse. — Stamattina gli ho fatto un cenno di saluto e lui mi ha ignorata. Ha guardato dall'altra parte.

Tansy ci rifletté su, quindi disse: — Ho il libro che dovrebbe fare al caso tuo.

— Che libro? Ma di che parli?

— Fidati — le disse Tansy. — Ho un piano.

Ore 9.30. Al telefono

— Ciao, papà. Sono Cleo.

— Cleo! Ma non sei andata a scuola? — Max sembrava preoccupato.

— No, stammi a sentire, papà. Ho bisogno di vederti. Subito. Oggi.

Seguí una pausa.

— C'è qualcosa che non va? Tesoro, non posso mica mollare tutto; in questo momento sono in ufficio e...

— D'accordo. Se non vieni tu, prendo il treno e vengo io da te. — Il tono di Cleo rivelò molto piú coraggio di quanto non ne avesse in realtà. — È molto importante per me, papà. Riguarda l'incidente di Lettie.

Questa volta seguí un silenzio piú lungo.

— Sono stufa di tutti questi segreti, papà! — Cleo sentí che stava per mettersi a singhiozzare. — Nessuno mi vuole dire niente e ieri sono stata là, a Massingham Manor, per le prove, e mi sono ricordata l'albero e i leoni di marmo e che ero nella macchina e...

La sua voce si affievolí.

— Tua madre dov'è? Non è lí con te? Non puoi chiederlo a lei?

I singhiozzi di Cleo vennero sopraffatti dalla rabbia.

— È al lavoro, e poi no, papà, non posso chiederlo a lei, perché come te, lei mi liquida con delle mezze verità. Ho quattordici anni, papà, e ho il diritto di sapere.

Altro silenzio.

— È per questo che te ne sei andato di casa? Per quello che ho fatto io?

— TU? Tesoro, no. — La voce di suo padre era flebile e roca. — Vengo lí. Arrivo tra un'ora.

Ore 11.00. Da dove cominciare?

Cleo era seduta di fronte a suo padre e, mentre lui sorseggiava una tazza di caffè, pensava quanto le mancasse non averlo piú in casa.

— Papà, devi dirmi tutto. Prendono in giro Lettie per le cicatrici e io non posso parlarle come vorrei, perché non credo che sappia che sono stata io e...

— Tu non hai fatto niente, Cleo. Sono stato io. — Max fissò la tazza di caffè che teneva stretta fra le mani.

— Ma nel sogno che faccio, la mamma continua a dire: «Come ha potuto fare una cosa del genere Cleo?».

Max annuí.

— Hai ragione, l'ha detto. Ripetutamente, per settimane intere dopo l'incidente.

Cleo sentí un tuffo al cuore.

— Cosí lei dà la colpa a me?

Suo padre fece di no con la testa.

— No, no, tesoro, non capisci? — disse con irruenza. — Senti, lei diceva «*Come ha potuto* Cleo *fare una cosa del genere?*». Sapeva che una bambina di cinque anni non poteva avere la forza di togliere il freno a mano di un macchinone come quello. Sapeva che era andata diversamente.

Cleo si interruppe, senza quasi osare riprendere fiato.

— Sapeva che ero stato io — disse suo padre con un sussulto. — Solo che ero troppo vigliacco per ammettere ciò che avevo fatto. Tu eri da sola in macchina, e dare a te la colpa mi era sembrata la cosa piú facile.

Cleo deglutí.

Suo padre fece un respiro profondo.

— Tua madre stava girando una serie TV a Massingham Manor, un dramma in costume sulla Guerra Civile...

Le signore con gli abiti lunghi...

— ... e io ero andato a prenderla insieme a voi tre. Ho fatto scendere Lettie dalla macchina e Portia è corsa a giocare su quei grossi leoni...

Quattro leoni di marmo. Portia a cavalcioni su quello che ride.

— ... e poi hai cominciato a strillare e battere sul finestrino perché volevi scendere anche tu. Solo che avevi la rosolia... o era la varicella?, ed eri contagiosa, cosí ti ho ordinato di rimanere dov'eri.

Quindi quella parte era vera. La mamma non aveva mentito.

— Poi Portia ha cominciato a fare la stupidina e ho pensato che potesse cadere, sono scattato giú dalla macchina e ho sbattuto la portiera, e sbattendola, le ruote hanno cominciato a muoversi e quando mi sono voltato ho visto Lettie che sgattaiolava di dietro e...

La voce si suo padre si spezzò e lui si prese la testa fra le mani.

— Ho tirato il freno a mano, ma ormai era troppo tardi. La gamba di Lettie era già sotto la macchina.

Alzò il viso e guardò Cleo.

— Tu non c'entri niente, tesoro. È stata tutta colpa mia.

Ore 11.45. Due teiere di tè e una dozzina di fazzolettini inzuppati piú tardi

— Cleo! Sono tornata, tesoro. Come stai?

Si sentí sbattere la porta di casa mentre la voce di Diana echeggiava lungo il corridoio.

— Ho pensato di fare un salto a casa per vedere come ti sentivi... oh! — Si accorse del padre di Cleo e il sorriso le svaní dalle labbra. — E tu che ci fai qui?

— Non sono qui per creare problemi — si affrettò a dire lui. — Sono qui per fare ammenda.

— Gli ho chiesto io di venire, mamma — li interruppe Cleo. — Sono stufa degli incubi e delle mezze verità, e ho deciso che dovevo sapere cos'era successo realmente.

— Oh. — Il viso di Diana sembrò invecchiare di colpo e si lasciò cadere sulla prima poltrona che gli capitò a tiro, quindi cominciò a torturarsi le mani poggiate in grembo. — E cosa ti ha detto tuo padre?

— La verità — disse Max. — E troppo tardi.

Mezzogiorno. Lo sfogo

— Ma ancora mi sfugge la ragione per cui, per tutti questi anni, mi avete lasciato credere che fosse colpa mia! — urlò Cleo, che piú ci pensava, piú si sentiva montare la rabbia. — Come avete potuto?

— Non è cosí — disse sua madre. — Tuo padre...

— Non è cosí — disse suo padre nello stesso istante. — Tua madre...

Si interruppero.

— Per settimane intere ho cercato di convincere me e tutti gli altri che tu, Cleo, avessi tolto il freno a mano — confessò suo padre affranto.

— Sapendo fin troppo bene che non potevi averne la forza — aggiunse sua madre.

— Sapevo che nessuno se la sarebbe presa con una bambina di cinque anni — continuò suo padre — e in un certo qual modo ho rimosso la mia colpa e ho fatto in modo che tutti credessero a quella menzogna.

— E io ero troppo preoccupata per Lettie e per l'operazione, in ansia se avrebbe o meno camminato di nuovo, per mettermi a discutere — sospirò sua madre.

— Alla fine — disse suo padre — ho dovuto affrontare la verità. L'ho detto a tua madre. È stata lei a decidere che non dovevamo farvi sapere come erano andate veramente le cose.

Seguí un lungo silenzio. Dall'angolo sopraggiungeva il ticchettio del vecchio orologio da carrozza. In lontananza, da qualche parte, si sentí un cane abbaiare e sbattere la portiera di una macchina.

— Cosí per tutto questo tempo mi avete fatto pensare che fosse colpa mia? — chiese Cleo con voce strozzata e le lacrime che le riempivano gli occhi.

— No! — risposero in coro i suoi genitori.

— Non era quella l'intenzione — disse Diana prendendo un fazzoletto di carta dalla scatola sul tavolinetto del salotto e asciugandosi gli occhi. — Temevo che se Lettie fosse cresciuta sapendo che era stata colpa di Max, si sarebbe compromesso il loro rapporto; anzi, il rapporto con tutti voi. Ho pensato che tu fossi troppo piccola per ricordartene e, naturalmente, sono stata una stupida. E ho corrotto Portia per mantenere il segreto, facendole promettere di non parlarne mai piú. Ma ho sbagliato e adesso me ne rendo conto.

Si voltò a guardare in faccia Cleo, con gli occhi pieni di lacrime.

— Potrai mai perdonarmi?

Cleo fece per parlare, ma suo padre la precedette.

— Non prendertela con tua madre, Cleo — disse in tono deciso. — Prenditela con me, odia me, ma non lei. Lei ha fatto solo ciò che riteneva la cosa migliore.

Cleo annuí.

— Lo so — disse. — Ma, papà, io pensavo che te ne fossi andato perché non potevi sopportare la mia vicinanza. E allora, se non sono stata io, perché l'hai fatto?

Max sospirò.

— Certe volte le persone non vanno piú d'accordo, Cleo. Io e tua madre ci abbiamo provato, sul serio. Ma lei ce l'aveva con me per l'incidente e io ce l'avevo con lei perché passava tutto il tempo con Lettie trascurando noi altri, e cosí litigavamo, gridavamo e poi...

— E poi ha conosciuto Fleur e se ne è andato di casa!

— No, non è andata cosí. Eri sempre tu quella che...

— FATELA FINITA! — gridò Cleo. — Questo battibecco non serve a nessuno. Sono felice che mi abbiate detto la verità, e sono felice che non sia colpa mia. Perciò fatemi il favore di non mettervi a litigare. Non potreste semplicemente restare amici?

Nessuno dei due fiatò.

Cleo fece un respiro profondo.

— Voglio che veniate tutti e due alle finali di domani — disse.

— Non posso! — esclamò Diana con un nodo alla gola. — I ricordi...

— No, assolutamente no, tesoro — pro-

testò suo padre. — Rivivremmo ogni cosa...
— Capisco — disse Cleo sforzandosi di mantenere un tono pacato. — Perciò, tutto quello che è successo in passato per voi conta piú di quello che succede alle vostre figlie nel presente. Non pensate che forse sarebbe bello venirci per me?

Diana e Max si scambiarono un'occhiata.

— Ci verrò — disse Max calmo.

— Anch'io — disse Diana. — A patto che quella donna... — E si interruppe. — Porta anche Fleur, perché no? — disse a denti stretti. — Potrebbe renderti la cosa piú semplice.

Cleo corse da sua madre e l'abbracciò.

— Vi voglio bene — disse. — A tutti e due. Tantissimo.

Mentre andava in cucina a preparare ancora del tè, sentí i suoi genitori che parlavano sottovoce.

— È cambiata — disse suo padre. — Prima non parlava mai.

— Ha fegato perché ha preso da me, naturalmente — fece sua madre.

Cleo sorrise. Non importava da chi avesse preso. Era felice di essere finalmente cosí.

Ore 13.00. Quando è troppo è troppo!

— Adesso vado a scuola — comunicò Cleo ai suoi genitori. — Ho una questione da risolvere.

— Oh, tesoro. Ma ormai tanto vale restare a casa — protestò Diana.

— E invece, no — disse Cleo. — Vale proprio la pena di andarci.

Ore 13.35. Una questione da sistemare

— Olly! Aspetta! — Con il fiato corto, Cleo lo raggiunse mentre si dirigeva verso le scale.

— Pensavo che fossi malata — disse Olly voltandosi verso di lei. — Jade mi ha detto del tuo svenimento.

La guardava come se potesse andare in frantumi da un momento all'altro.

— La vecchia Saffrey delirava sul fatto che non avresti potuto cantare. E visto che neanch'io...

— Ma tu canterai — disse Cleo in tono determinato. — Canteremo entrambi.

Olly scosse energicamente la testa.

— Io, no. Ho le mie buone ragioni.

— Ah, davvero? — disse Cleo. — Be', allora lascia che ti dica quali sono le ragioni per cui io non vorrei mai rimettere piede in quel posto.

E gliele disse.

Olly la fissò a lungo.

— Ma quando canti tu, tutti pensano che sia una meraviglia — disse Olly sottovoce. — Quando canto io, i miei amici si mettono a sghignazzare.

Cleo aggrottò la fronte.

— Ma tu sei un cantante con i fiocchi; hai vinto dei premi; tu...

— È questo il punto! — esplose Olly. — Ho

quattordici anni e non ho ancora cambiato voce. Tu non capisci, tu sei una ragazza, ma io mi sento un bambino, un pappamolle...

All'improvviso, Cleo capí.

— Credo che quando si desidera qualcosa, sembra che non arrivi mai — disse riflettendoci. — Ma non capisci che quando ti cambierà la voce non potrai piú cantare come adesso? Perché non ne approfitti al massimo finché puoi?

Non sembrava convinto.

— E in quanto al pappamolle, le mie amiche ti trovano uno sballo — gli disse con un sorriso. — Non vorrai mica privarle del piacere di sbavarti dietro mentre canti?

Olly abbozzò un sorriso.

— Sul serio?

— Giuro — disse Cleo convinta. — Non ti piace l'idea di essere il piú amato della scuola?

Olly sorrise.

— Forse, in fin dei conti, posso anche farlo — disse.

Cleo annuí.

— Cleo?

— Sí?

— Grazie.

Ore 16.45. Osserva, impara e assimila

— Eccolo! — Tansy porse a Holly un libro malridotto. — Studiatelo e starai a posto.

Holly diede una rapida occhiata alla prima pagina e le si illuminò il volto.

— È fantastico! — disse abbracciando Tansy. — Grazie tante. Solo che mi ci vorrà un secolo per imparare questa roba e...

— Disfattista! — la ammoní Tansy. — Dacci sotto e basta.

Ore 22.45. A letto

Era difficile, pensò Holly, molto piú difficile di quanto non sembrasse. Aveva solo imparato una minima parte del libro, e non era affatto sufficiente per mettere in pratica il piano di Tansy.

Doveva restare sveglia. Doveva andare avanti.

Ne andava della sua felicità futura.

Se solo non le si fossero chiusi gli occhi!

SABATO

Ore 9.30. Una lode

— Holly, farai tardi. Alza il naso da quel libro e datti una mossa.

Holly continuò a leggere.

— E poi, cosa leggi? — le domandò sua madre togliendole il libro di mano. — Qualche spaventosa idiozia, o quel tremendo... Oh, capisco. Splendido. Brava.

Holly sollevò lo sguardo. Sua madre le fece un sorriso.

— Cominci a pensare in maniera costruttiva — disse Angela. — Mi assomigli sempre di piú.

"Per carità" pensò Holly "e andò a lavarsi i denti."

Ore 10.30. Ansiosa

— Stai bene? — Jade toccò il braccio di Cleo, mentre erano dirette al portone del Massingham Manor.

Cleo annuí e si guardò ansiosa alle spalle, verso il parcheggio degli ospiti.

— Non vedo ancora la macchina di mia madre — disse. — Spero che si faccia viva.

— Ma certo — disse Jade. — Perché non dovrebbe?

— Ma, cosí — rispose Cleo.

Ore 10.45

— Dunque, ragazzi — disse la signorina Saffrey, che per ragioni note solo a lei si era messa una gonna di taffettà rosa shocking di un'epoca impossibile da precisare — noi siamo i terzi. Voglio che ce la mettiate tutta, che cantiate come se fosse l'ultima volta che lo fate.

— Infatti! — mormorò Oliver a Cleo.

— Silenzio! — lo ammoní l'insegnante. — Cleo, smettila di fissare il pubblico in quel modo. Non è bello.

Non ci sono. Nessuno dei due. Alla fine, non verranno. Ma lo avevano promesso.

Seguí sconsolata gli altri membri del coro che si stavano recando ai posti loro assegnati su un lato della ricca sala da banchetti.

— Questo posto è strabiliante! — esclamò Tansy con un filo di voce, ammirando i soffitti dipinti.

— Ecco tua madre! — disse Jade dando di gomito a Tansy. — Con chi sta parlando?

Tansy scrutò fra le teste del pubblico. E sorrise.

— Quello è Jonathan Pitt-Warren — disse orgogliosa, notando con soddisfazione che la mano di Jonathan era delicatamente appoggiata sul braccio di sua madre. — È il padrone di questo posto. Mia madre sta facendo un lavoro per lui... loro due sono molto legati.

Il volto stupefatto di Jade bastò a dare una gran gioia a Tansy. Per il momento.

Ore 11.40. Sollievo

— Tocca a noi! — Il collo della signorina Saffrey era diventato rosso per l'agitazione, e il suo seno sembrava vivere di vita propria, sollevandosi in maniera drammatica.

"Non sono venuti" pensò Cleo. Si sentiva il piombo nello stomaco e cantare era l'ultima cosa che desiderasse fare.

Cominciò la musica. Il coro attaccò la prima strofa. Cleo soffocò un singhiozzo e ce la mise tutta per perdersi nelle note. Ora dovevano affrontare un crescendo.

La signorina Saffrey faceva cenni d'incoraggiamento ai ragazzi, incitando tutti a guardare in alto e a cantare.

Cleo alzò gli occhi e mancò poco che stonasse. Lassú, nella galleria dei menestrelli, con gli occhi puntati su di lei, c'era tutta la sua famiglia: mamma, papà, Fleur, Roy, Portia e persino Lettie.

Cleo scoppiava di felicità. Erano venuti. Nonostante tutto, erano lí.

E tutto per merito suo. Per la prima volta in vita sua si era imposta e l'aveva avuta vinta. Adesso sapeva di poter fare qualunque cosa.

Le voci del coro si dissolsero. La signorina Saffrey si voltò verso di lei. Sollevò la bacchetta e Cleo cominciò a cantare.

Ore 11.55

— Sei stata bravissima! — Olly le diede un pugno amichevole sulla spalla. — Sei un asso!

— Anche tu! — esclamò Cleo. — Anche se nell'ultima strofa...

— Lo so, non è fantastico? — disse Olly. — Credo che stia finalmente succedendo.

— Cosa? — Trig si fece largo fra i capannelli di cantanti e li raggiunse.

— Niente — rispose Cleo, felicissima di leggere la preoccupazione sul volto di Trig.

Ore 13.00. Una famiglia allargata

I cori avevano terminato le loro esibizioni e si stavano dirigendo tutti nella sala da pranzo per uno spuntino, intanto che la giuria prendeva la sua decisione.

Cleo localizzò la sua famiglia.

— Mamma! Papà! — Sgomitò fra la calca per raggiungerli.

— Oh, Cleo! Tesoro! Sei stata magnifica,

assolutamente magnifica! — Sua madre l'abbracciò.

— Sono fiero di te! — esclamò suo padre stringendole il braccio.

— Dici sul serio?

— Credimi, è cosí — disse Fleur, che si era tenuta leggermente in disparte. — Non faceva che dire «quella è mia figlia». Per poco non mi è toccato imbavagliarlo!

Cleo sorrise.

— Spero solo che questi bambini — disse Fleur accarezzandosi la pancia — abbiano almeno metà della tua intelligenza.

Cleo lanciò un'occhiata preoccupata in direzione della madre.

Diana fece un respiro profondo.

— Me n'ero dimenticata — disse. — Auguri. Sono felice per voi.

Ore 13.30. Un sogno che si infrange

— Prendi un altro salsicciotto — disse Clarity a Tansy. — Cosí non dovrai mangiare tanto a cena.

— Ma che bella idea! — tuonò una voce profonda. Tansy inorridí nel vedere comparire alla sinistra di sua madre Jonathan Pitt-Warren. — Sono felice che il cibo sia di suo gradimento. — Squisito — disse Clarity senza un briciolo di vergogna.

— La sua casa è straordinaria, signor Pitt-Warren — si affrettò a dire Tansy sperando di dimostrargli che almeno un membro della famiglia conosceva le buone maniere. — Deve essere fantastico vivere qui.

Jonathan si mise a ridere.

— Troppo grande, troppi spifferi e troppo costoso — disse.

— Perché l'ha comprata, allora? — chiese Clarity. Tansy si fece piccola piccola.

— Oh, non vivremo qui tutto il tempo — disse.

"Vivremo?" pensò allarmata Tansy.

— A mia moglie non piacerebbe stare troppo tempo via da Londra — disse.

"Moglie? Che significa, moglie?" pensò Tansy.

— Questa casa è un investimento. Abbiamo idea di trasformarla in appartamenti in multiproprietà con un centro benessere, attrezzature sportive, quel genere di roba lí. E, naturalmente – aggiunse con un sorriso – con i giardini piú belli del Dunchestershire.

Clarity rise.

— Conto su tua madre — disse rivolgendosi a Tansy.

"Anch'io ci contavo" pensò Tansy. "E guarda un po' che risultato!"

Ore 14.00. Momento di gloria

— Quindi, dopo avere a lungo deliberato, la giuria ha assegnato il premio "Coro dell'anno" alla...

Cleo trattenne il fiato. Tansy si mordicchiò il pollice. Jade chiuse gli occhi.

— ... Buckingham House School!

Ci fu un'esplosione di applausi. La signorina Saffrey si stampò un sorriso sulle labbra e si sforzò di applaudire con entusiasmo. Cleo ce la mise tutta per non scoppiare in lacrime.

— E ora, i premi singoli — annunciò il presidente della giuria.

Cleo aggrottò la fronte. Nessuno aveva parlato di altri premi.

— Tutti i solisti sono stati bravissimi — continuò il presidente. — Ma in particolare una. Il premio per il "Solista dell'anno" va a Cleopatra Greenway.

L'intera rappresentanza della West Green esplose in un boato.

— Brava, Cleo! Bravissima!

Cleo rimase seduta a bocca aperta. Aveva vinto un premio. Era la prima volta. Era la miglior solista. Non era mai stata la migliore in niente.

— E a consegnare i premi, siamo felici di chiamare Jonathan Pitt-Warren, proprietario del Massingham Manor e direttore del PW Leisure.

Il cuore di Cleo andava a mille mentre saliva i gradini del palco per ricevere una coppa d'argento e una busta.

— Da questa parte, tesoro! — Flash di macchine fotografiche ovunque. La gente che applaudiva. Cleo alzò gli occhi alla galleria. Sua madre e suo padre si stavano abbracciando.

Quello era il miglior premio di tutti.

Ore 14.30. Un extra

— Cleo, che meraviglia! — le disse Trig ultrafelice. — Che ne diresti di uscire stasera per andare a festeggiare?

Cleo si sentí il cuore in gola.

— Uscire?

Trig annuí.

— Ho un po' di soldi; potremmo andare a mangiare una pizza, poi a un cinema o al bowling, oppure...

— Dici sul serio? — gli domandò Cleo.

Trig aggrottò la fronte.

— Certo — rispose. — Sono secoli che non usciamo.

— Credevo... — esordí Cleo. E si interruppe.

— Credevi cosa? — le chiese Trig.

Non sarebbe servito a niente dirgli che l'aveva fatta soffrire. Proprio a niente.

Ore 15.30

— Ciao, papà. Ciao, Fleur. Grazie per essere venuti!

Cleo e le sue sorelle presero posto sul sedile posteriore della macchina di Roy, con Cleo che teneva stretto il trofeo in una mano.

— Adesso va', Roy, ti prego — disse sua madre a denti stretti.

La macchina si mise in moto e cominciò a muoversi, percorse il vialetto e uscí dal cancello. Diana emise un sonoro sospiro e finalmente si rilassò.

— Mamma — disse Cleo.

— Sí, tesoro?

— Grazie.

— Per cosa?

— Per essere stata tanto coraggiosa.

Ore 15.40

— Ho paura. — Holly e Tansy erano schiacciate come sardine nel furgone di Clarity. — E se mi dimenticc tutto? E se non funziona?

— Funzionerà — disse decisa Tansy. — Ma prima di cominciare, assicurati che Paul sia presente, okay?

— Cominciare cosa? — domandò Clarity facendo grattare le marce. — Cosa state complottando voi due?

— Mamma, tu pensa a guidare, d'accordo? — disse Tansy.

Ore 17.30

Holly suonò alla porta di Paul con la morte nel cuore. Sentí dei passi. La porta si aprí.

Era Paul.

— Ciao! — disse Holly con voce stridula.

— Ciao! — le rispose lui senza muoversi.

— Posso entrare? — chiese Holly. — Devo parlare con Amy.

— Perché?

— Ci metto solo un minuto e poi me ne vado — disse Holly disperata. — Ti prego.

Paul si fece da parte e la lasciò entrare.

— Okay. Vieni. È in cucina.

Holly fece un respiro profondo. Si rimboccò le maniche e si morse il labbro.

— Ciao, Amy. — Ci mise un secolo a dirlo. Il linguaggio dei segni era già difficile con il libro sotto mano, figuriamoci cosí.

Sentiva che Paul la stava guardando. Amy cominciò a sorridere.

— Vorresti... — Holly si interruppe. Non si ricordava cosa veniva dopo.

— Vorrei cosa? — la sollecitò Amy con gesti lenti e precisi.

Holly le indicò casa sua e ricominciò a far segni.

— Venire a... ad ascoltare delle cassette... — E si portò una mano alla bocca. Sbagliato. Lei non ci sentiva. Non ci sentiva.

— Scusa — disse a voce alta. — Intendevo dire...

Amy sorrise.

— Parlare?

Holly annuí.

— Molto volentieri. Posso venire subito?

Holly si sentí di colpo nervosa. Non sapeva come regolare il volume della voce. O quale sarebbe stata la sua prossima mossa.

— Tranquilla — ridacchiò Amy. — Non mordo mica. Andiamo.

— Torna presto — le disse Paul, poi sorrise a

Holly. — Perché piú tardi io e Holly usciamo.

— Davvero? — Holly non osava nemmeno respirare.

— Certo — disse Paul. — Se mi permetti di invitarti.

Ore 18.15. Giubilo

— Tansy? Sono io, Holly. Ce l'ho fatta. Tutto okay. Amy è venuta da me e abbiamo parlato... Sí, ha questo apparecchio nel quale uno parla e lei ci sente un po'. E indovina? Esco... Con Paul... Tra mezz'ora. Che vuoi dire, dove? Chi se ne importa dove. Pur di stare con lui andrei nella discarica. Oh, Tansy? Grazie. Sei un'amica.

Ore 18.30. Confidenze tra sorelle

— Posso entrare?

Portia ciondolava davanti alla porta della stanza di Cleo.

— Sí, certo. — Lo shock di sentire sua sorella che le chiedeva il permesso di fare qualcosa per poco non privò Cleo del dono della parola.

— Papà mi ha detto che avete parlato — disse Portia in modo smozzicato. — Dell'incidente. Immagino che saprai che non c'entri niente.

Cleo annuí. — È un vero sollievo, credimi

— disse. — Forse adesso smetterò di fare quei sogni.

— E che ti ha detto di me?

— Di te?

— Non fare la finta tonta! — ribatté Portia. — Lui era sceso dalla macchina perché stavo facendo la cretina, è per questo che si è dimenticato di tirare il freno a mano, ed è per questo che ha messo sotto Lettie e...

Cleo guardò i lineamenti tesi di sua sorella e pensò alla svelta.

— Se non mi fossi comportata male...

— Aspetta — la interruppe Cleo. — Lui mi ha detto che è sceso dalla macchina perché... — Il cervello le galoppava. — Perché Lettie voleva fare pipí. Non mi ha detto che stavi facendo la stupida.

— Ah, no?

Cleo scosse la testa.

Il viso di Portia si rilassò.

— Pensavo che papà... oh, non fa niente. A proposito... perché ti sei messa tutta in tiro?

— Esco con Trig — disse.

— Oh — esclamò Portia. — Tutto qui?

"Mi sembra abbastanza" pensò Cleo. "Per il momento, è piú che abbastanza."

— Stai proprio bene — aggiunse Portia. — Sei molto elegante.

"Solista dell'anno e pure elegante" pensò Cleo. "Niente male per un giorno solo."

DOMENICA

Ore 9.45. Possibili acquirenti

— E questa è la stanza di mia figlia.

Tansy guardò in cagnesco la coppia che si teneva per mano e che continuava a esclamare "oh" e "ah" davanti a ogni stanza della villetta.

— Deliziosa — disse la donna.

— C'è una macchia di umidità sul soffitto, e ci fa anche freddo — insisté Tansy. — E con il vento, la finestra vibra.

Clarity le lanciò un'occhiataccia.

— Ci piace da matti, non è vero, Josh? — chiese la donna.

L'uomo annuí.

— È cosí piena di atmosfera — disse.

— Dipende sicuramente dal fantasma — disse Tansy.

La donna impallidí.

— Fantasma?

— Che assurdità! — ribatté Clarity. — Non vuole cambiare casa e sta cercando di dissuadervi.

— Mamma, mi hai sempre detto di dire la verità — disse Tansy sgranando gli occhi. — Ho fatto male?

— Credo che ci penseremo un po' su — disse l'uomo in tutta fretta. — Grazie lo stesso.

"E vai!" si disse Tansy con un gesto di trionfo. C'erano volte in cui una fervida immaginazione tornava tremendamente utile.

Ore 10.30. Recriminazioni materne

Clarity ingranò violentemente la marcia e spinse l'acceleratore in maniera altrettanto violenta e gratuita.

— Come hai potuto fare una cosa del genere, Tansy? — chiese come una furia girando il volante e svoltando in Weston Way. — Come hai potuto essere tanto stupida?

— Senti chi parla! — gridò Tansy. — Vendere casa nostra per andare a vivere con un fenomeno senza mento non mi sembra proprio il massimo del buon senso!

— Stammi bene a sentire, signorina — disse Clarity. — Si tratta della mia vita e ci faccio quello che mi pare. Adesso passiamo da Laurence, cosí darai un'occhiata alla tua nuova stanza, e mi aspetto da te un comportamento civile, intesi?

Tansy si voltò dall'altra parte e guardò fuori dal furgone. Non avrebbe dato a sua madre la soddisfazione di vederla piangere.

Ore 11.00. Nella tana del lupo

— E pensavo che Tansy potrebbe prendersi questa stanza! — Laurence spalancò una porta. La carta da parati giallo-verde abbagliò Tansy e la puzza di naftalina le fece arricciare il naso.

— Deliziosa — disse Clarity. — Non trovi, Tansy?

— Fa schifo — rispose la figlia dandole le spalle e infilando la porta. — E che puzza!

— Oh, Tansy — disse Clarity per sdrammatizzare. — Andrà benissimo. Potrai accenderci il mio incenso e...

— Ah, no — disse Laurence. — Non in casa mia. Quei cosi mi fanno venire la sinusite. — Si interruppe, quindi proseguí: — A dire il vero, dovremmo parlare un attimo delle regole della casa. So che voi due avete vissuto, be', secondo uno stile di vita alquanto sregolato, e mi rendo conto che è dipeso dalla mancanza di soldi, ma la mia casa è un gioiello.

"Oh, fantastico" pensò Tansy.

— Nel giardino c'è una rimessa dove potrai lavoricchiare, fiorellino mio, quindi niente vasi e piante sul tavolo della cucina, per favore. Oh, e poi non mi piace l'abitudine di mangiare davanti al televisore; rovina la digestione.

Tansy rimase stupefatta.

— È consentito respirare? — domandò. — Oppure si consuma troppo del tuo prezioso ossigeno?

Laurence si rannuvolò.

— Clarity, hai intenzione di permetterle di rivolgersi a me in questo modo?

Tansy rimase in attesa dell'esplosione.

— A essere sincera, sí — rispose Clarity. — Credo proprio di sí.

Ore 11.55. Salve per il rotto della cuffia

— Stupido pallone gonfiato! — Clarity sbatté la portiera del furgone e avviò il motore. — Non riesco a crederci!

Grazie, Dio. Grazie tante.

— Come osa dirmi dove devo sedermi e come devo mangiare? Non sarò una perfetta padrona di casa...

"Parole sacrosante" pensò Tansy.

— ... ma bisogna pur divertirsi un po'.

— Dunque non ci trasferiamo? — arrischiò Tansy.

Clarity sospirò.

— Immagino di no — rispose. — Anche se non so come tireremo avanti. Finché avrò questo lavoro da Jonathan andrà tutto bene, ma una volta finito...

— Pensa al presente, mamma — le consigliò saggiamente Tansy. — Prima di allora, può succedere di tutto. Ringrazia il cielo, almeno l'hai scampata bella da quella carta da parati.

Clarity si voltò a guardare Tansy e scoppiò a ridere.

— Oh, Tansy — disse. — Ti voglio tanto bene.

— Anch'io — disse Tansy. — Piú che mai.

Ore 14.30. Holly si attacca al telefono

— Possibile che il telefono di questa casa non la smetta mai di squillare? — protestò Roy tra un'imprecazione e l'altra contro la squadra di cricket inglese in TV.

Cleo afferrò il telefono.

— Cleo? Sono Holly. Mi sto annoiando.

— Ah, sí?

— Tansy è uscita con Andy che è appena tornato, Jade è a prendere il tè con la famiglia di Scott, cosí pensavo che potessi fare un salto qui per fare due chiacchiere. Che ne dici?

— Scusa, ma non posso — rispose Cleo compiaciuta. — Io e Trig usciamo con lo skateboard.

— Skateboard? Tu?

— Esatto.

Non accadeva spesso, pensò Cleo profondamente soddisfatta, che la sua amica restasse senza parole.

Ore 16.00

Trig mise lo skateboard da parte e domandò a Cleo: — Potresti farmi un grosso favore?

— Certo. Di che si tratta?

— Però devi promettermi di non ridere — insisté Trig. — E di non dirlo ad anima viva.

Cleo aggrottò la fronte.

— Lo giuro. Dimmi.

Trig estrasse alcuni fogli dalla tasca della giacca e li mise sotto il naso di Cleo.

Viaggiate nel tempo con Trig Roscoe

**Pensate che la vostra città
sia monotona e noiosa?
Vorreste vivere altrove?**

**Quando avrete partecipato a una
Scarpinata nel Tempo con Trig Roscoe,
vedrete Dunchester con occhi diversi!**

Cleo scoppiò a ridere.

— Lo sapevo che l'avresti trovata una scemenza! — Trig le strappò il foglio di mano. — Dimenticalo...

— Aspetta! — protestò Cleo. — Stavo ridendo per il nome geniale – Scarpinata nel Tempo – è grandioso!

— Sul serio?

— Bellissimo. Di che si tratta?

— C'è una gara per vincere un intero mese di lavoro con un'équipe di archeologi l'estate prossima, oppure per partecipare a un progetto di restauro, o a qualsiasi cosa ti piaccia — disse con il viso acceso dall'eccitazione. — Bisogna farsi venire un'idea originale per suscitare interesse in chi reputa la storia una gran barba, per coinvolgere le persone. E questa è la mia idea.

Cleo studiò attentamente il contenuto del foglio. C'erano itinerari che toccavano pub stregati, una passeggiata intorno alle rovine del castello di Dunchester, persino un giro al Braccio della Morte della vecchia prigione e agli antichi patiboli.

— C'erano veramente dei patiboli a Dunchester? — chiese Cleo con il fiato in gola. — Non lo sapevo.

Trig era felicissimo.

— Vedi? Mi ci è voluto un secolo per fare tutte queste ricerche.

— Quindi era questo che ti assorbiva completamente! — esclamò Cleo. — E io che pensavo... — Si interruppe.

— Pensavi cosa?

— Niente.

— Quindi la trovi un'idea carina?

— Grandiosa. E quel favore che ti serviva?

— Ti va di provare questi itinerari insieme a me e di dirmi cosa ne pensi? Mi serve l'opinione di qualcuno che in storia sia una vera frana.

— Oh, grazie tante — disse Cleo, ma con un sorriso a trentadue denti. Non aveva perso Trig per colpa di un'altra. Anzi, non l'aveva perso affatto. Altro che disperata! Non si era mai sentita cosí bene.

Ore 17.00. La madre svitata colpisce ancora

— È stato bellissimo! — Cleo era tutta rossa, senza fiato e piena di lividi, ma felice come una pasqua. — Entra a bere qualcosa.

Aprí la porta e fece strada a Trig. Poi si fermò di colpo. In mezzo al corridoio c'era sua madre che cantava a squarciagola con uno spazzolone in una mano e un melone nell'altra.

— Tesoro? E Trig... da quanto tempo! — Si accorse delle loro espressioni perplesse e indicò lo spazzolone e il melone, spiegando entusiasta: — Questi sono scettro e sfera regali, miei cari. Sto entrando nello spirito della parte. Mi hanno appena telefonato per chiedermi di fare la regina delle fate in *Iolanthe*[1]. Non sei contenta per me?

— In un teatro? A porte chiuse? — domandò Cleo.

Diana aggrottò le sopracciglia e annuí.

— E questo personaggio tiene i vestiti addosso per tutta la produzione?

— Be', è ovvio, tesoro — rispose sua madre.

— Allora, dacci sotto — disse Cleo.

[1] Operetta comica del commediografo inglese W.S. Gilbert (1836-1911), musicata dal compositore inglese A. Sullivan (1842-1900).

INDICE

le Ragazzine

1 Mamma non fare scenate!
2 Perché va tutto storto?
3 Cara Camilla, nessuno mi capisce...
4 Cara Camilla, lo amo ma lui...
5 Come sopravvivere agli anni migliori della nostra vita
6 Come sopravvivere alla prima cotta
7 Per favore, niente genitori alla mia festa
8 Lo fanno tutte, perché io no?
9 Grande! Avete rovinato il resto della mia vita!
10 Non sono piú la tua bambina
11 Ragazzi, istruzioni per l'uso
12 Sei la mia migliore amica, ma ti odio!
13 Come uscire di casa e ritornarci sana & salva
14 Come hai potuto farmi questo?
15 E se poi lui... e se poi lei...
16 Volevo fare la modella
17 E io... cerco la mia strada
18 Vorrei un vestito rosa...
19 Aiuto! La mia famiglia mi fa impazzire
20 Ogni cosa a suo tempo
21 Voglio scrivere una storia d'amore
22 A ciascuno il suo corpo
23 Se Cupido mi desse una mano...
24 Non dirmelo: siamo di nuovo nei guai!
25 Per favore, non vestirti da idraulico!
26 Caro diario anche questa volta non mi hanno invitata
27 Un fidanzato per mia sorella
28 Non sono femminista, ma...
29 Non saremo mai sorelle
30 Un anno in questa scuola di matti?
31 Toglietemi di torno questi piccoli mostri!
32 Ragazze non facciamoci illusioni

le Ragazzine

33 Se io sono Giulietta e tu Romeo che cosa aspetti a baciarmi?
34 Come hai osato leggere la mia e-mail?
35 Volevo essere un'altra... e il guaio è che ci sono riuscita
36 Cara E. perché non mi rispondi?
37 E chi l'ha detto che per essere belle bisogna soffrire?
38 Se non fosse per gli amici...
39 La mia vita è un disastro
40 Accidenti, perché non mi guarda?
41 Se ho passato un anno d'inferno...
42 Una vacanza cosí non si augura a nessuno...
43 Saremo amiche per sempre...
44 Maleducata io?
45 Boy watching
46 Ama me! No, me!
47 Di nuovo in questa scuola di matti!
48 Volevo un principe non un ranocchio!
49 Ehi! Vi siete accorti che ci sono anch'io?
50 Sono disperata e nessuno se ne cura
51 Ne ho abbastanza della dura realtà
52 Risate e bisticci, lacrime e pasticci
53 Un cellulare x 2
54 Alla larga dal mio diario...
55 Sono stufa di essere buona
56 Piano con i sogni
57 1 megadiario x 6 adolescenti
58 Se mi prestassi il tuo wonderbra...
59 Problemi? Ditelo pure a me!
60 Questa casa è un manicomio!
61 Cara mamma, sei tutta da rifare!
62 Fughe e follie, patemi e bugie